신의 × 알바

김태호 소설

위즈덤하우스

●
**차
례**

신의 알바

●

"이건 너한테 받은 만큼 돌려주라는 신의 알바였어!"

- 알바 있음. 선착순.

　동네 직업소개소에서 온 문자였다. 기다리던 소식에 이불을 걷어차고 일어났다. 지하철 배달 아르바이트였다. 보수도 꽤 괜찮은데, 더 좋은 건 일이 끝날 때마다 건당으로 바로 입금해 준다는 것이었다. 대충 계산해 보니 며칠만 고생하면 될 것 같았다. 일주일 남은 고2 여름방학을 이렇게 보내는 게 아쉽지만, 어쩔 수 없었다.

　'선착순' 문자에 마음이 급해졌다. 서둘러 청 반바지와 검정 후드 티를 입고, 노란색 별이 그려진 회색 챙 모자를 눌러썼다. 문을 열고 거실로 나왔다.

　집은 언제나처럼 텅 비어 있었다. 주방 식탁 위에 반찬 그릇과 가지런히 놓인 수저가 보였다. 엄마 생각에 괜스레 입술을 삐죽였다.

　"아침 안 먹는다니까!"

　빌라 계단을 두세 칸씩 뛰어 내려와 골목을 단숨에 빠져나왔다. 긴 머리가 찰랑거리도록 빠른 걸음에 숨이 차올랐다. 혹시나 좋은 자리를 놓칠까 마음이 바빴다.

직업소개소까지는 버스로 세 정거장이었다. 친구들처럼 인터넷에서 찾아본 일은 대부분 패스트푸드점이었다. 그곳에서 일하려면 부모님 허락도 받아야 하고 절차가 꽤 복잡했다. 무엇보다 친구들을 손님으로 만나고 싶지 않았다. 오랜 시간 꾸준히 나갈 생각도 없었다. 짧고 굵게 해결할 게 필요했다. 여러모로 지금 이 일이 딱 맞는 일이었다. 놓치긴 아까웠다.

버스에서 내리니 건너편 갈색 건물 3층에 직업소개소가 보였다. 평상시 보이지도 않던 '알바'라는 글씨가 저절로 줌으로 당겨졌다. 건널목에 서서 핸드폰을 꺼냈다. 거미줄처럼 금이 간 액정을 보니 얼굴이 찡그려졌다. 엄마에게 거의 한 달을 조르고 떼써서 얻은 최신형 핸드폰이었다.

"완전 도둑놈들!"

액정 수리비는 생각보다 훨씬 비쌌다. 돈이 필요한 이유다. 엄마에게 다시 손을 내밀 수는 없었다. 핸드폰을 보기만 해도 한숨이 쏟아졌다. 핸드폰을 주머니에 넣고 고개를 들었다. 맞은편 거리에 또래로 보이는 아이가 사람들 사이를 비집고 달리는 게 보였다. 아이는 직업소개소 건물 안으로 사라졌다. 혹시? 경쟁자? 마음이 급한데, 신호등은 바뀔 줄 몰랐다. 근데 그 아이 얼굴이 왠지 낯익었다. '누구더라?' 머리를 굴리는 사이 신호가 바뀌었다.

상가 건물 입구로 뛰어들었다. 순간 어둠에 파묻혔다. 나는 그대로 멈춰 서야 했다. 잠깐 머뭇거리는 사이 사방이 조금씩 눈에 들어왔다. 흐린 조명은 벽면에 새로 칠한 페인트의 울퉁불퉁한 얼룩을 더 깊게 만들었다. 시멘트 계단은 가운데 부분이 닳아서 움푹 들어가 있었다. 건물은 나이 많은 어르신처럼 과묵하게 가라앉아 있었다. 3층 복도 제일 끝 사무실에 직업소개소란 간판이 삐딱하게 붙어 있었다. 크게 숨을 내쉬고 문을 밀었다. 사무실 안에 있던 네다섯 명의 깡마르고 시커먼 남자 어른들이 동시에 나를 쳐다보았다. 낯선 시선은 날 벽 쪽으로 밀어붙였다. 벽에 붙어 조금씩 안으로 들어갔다. 한가운데 놓인 원형 탁자에 긴 머리 여자아이가 아저씨들 사이에 앉아 서류를 작성하고 있었다. 제일 안쪽에 접수를 받는 책상이 보였다.

"학생, 무슨 일로 왔어?"

의자에 뒤로 잔뜩 기대앉은 배불뚝이 아저씨가 손가락으로 책상 앞 의자를 가리켰다. 나는 쌍 금가락지가 끼워진 손가락 앞으로 끌려갔다.

"이…… 이거요."

핸드폰 문자를 보여 줬다. 깨진 화면이 유난히 더 도드라져 보였다.

"아아, 학생 알바!"

아저씨가 얼굴을 찡그리며 나를 올려봤다. 벌어진 아저씨 입안 쪽에 금니가 번쩍였다. 표정이 좋지 않았다.

"어쩌지? 한발 늦었는데……. 저 친구가 먼저 왔거든."

아저씨는 턱으로 원형 탁자를 가리켰다. 그곳에 있던 여자아이가 고개를 들었다. 조금 전 거리를 달려가던 낯익은 얼굴.

"알……영지?"

놀라서 엉덩이를 반쯤 떼고 의자에서 엉거주춤 일어났다. 놀라는 건 영지도 마찬가지였다. 영지는 곤란한 표정을 짓더니 이내 아저씨들 사이로 몸을 감췄다.

"신청만 하고 안 오는 사람이 많거든. 학생, 미안해."

아저씨가 재밌다는 표정으로 말했다. 히죽거리며 벌어진 입속에 금니가 또렷했다. 입속에도 금, 목에도 쇠사슬 같은 금, 손가락엔 쌍가락지로 줄줄이 금을 두르고 있어서일까? 누런 얼굴에 낀 기름기가 금처럼 번들거렸다.

'아침부터 재수 없게.'

속이 울렁거렸다. 금니 아저씨는 내 어깨 너머로 시선을 넘겼다. 떠밀리듯 의자에서 일어나 물러서야 했다. 눈을 맞추려 했지만, 영지는 서류에 코를 박고 움직이지 않았다. 힐끔거리며 쳐다보는 사람들 시선에 점점 사무실 밖으로 밀려났다. 3층과 2층 사이 층계참에서 창밖을 내다보고 있었다. 얼마 지나지 않아 영지가 계단을 내려왔다. 나를 발견한 영지가 놀라서 걸음을 멈칫했다.

"알바 영지 알영지! 오랜만."

정육점 진열장에 오른 것처럼 영지의 얼굴이 붉어졌다. 별명을 듣고 반응하는 걸 보니 중학교 때 알고 지낸 영지가 틀림없었다.

"넌 여전히 알바 열심히 하는구나."

벽에 기대어 팔짱을 끼고 영지를 올려보며 말했다. 영지
는 계단 손잡이에 딱 붙어서 모른 척 지나가려 했다. 겁먹은
자라처럼 목을 어깨 사이에 집어넣고 꾸부정한 자세로 내려
왔다. 다리를 뻗어 영지를 막아 세웠다.

"알영지! 고등학교 올라와서 처음 봤는데 이러기야?"

영지가 허리를 똑바로 세우고 나와 눈을 마주쳤다. 당황
스러웠다. 기억 속 조그만 영지가 아니었다. 중학교 이후로
키가 자라지 않은 나와 달리 영지는 그새 훌쩍 자라 있었다.
본능적으로 이대로 물러서면 안 될 것 같은 생각이 들었다.
뒤꿈치를 세우고 얼굴을 바짝 들이밀었다. 갑작스러운 행동
에 놀랐는지 영지가 뒤로 주춤했다.

'오!'

짧은 순간 영지의 겁먹은 눈빛을 읽어 냈다. 키는 자라도
영지는 영지였다. 영지의 어깨에 팔을 둘렀다. 살짝 높은 영
지의 어깨를 힘으로 짓눌렀다. 영지가 흠칫 움츠러들었다.
손가락 끝에 어깨의 떨림도 느껴졌다. 그제야 안심이 되었
다. 자연스럽게 영지를 데리고 1층 햄버거 가게로 향했다.

"난 기본 세트!"

메뉴만 말하면 그만이다. 나머지는 영지가 알아서 할 테
니. 핸드폰을 꺼냈다. 금이 간 액정은 휴지로 아무리 닦아도
그대로였다. 맞은편에 앉은 영지가 불편한 듯 엉덩이를 들
썩였다. 한참 아무 말 없이 나를 보고 있던 영지가 꾸겨진

몸을 펴고 일어났다. 영지는 기본 세트를 들고 와서 내 앞으로 밀었다. 나는 늘 그랬듯이 아무 말 없이 햄버거 포장지를 벗겨 한입 가득 물었다.

"어쩔래? 나한테 넘길래?"

한쪽 다리를 떨면서 콜라를 손에 들었다. 입안이 빌 틈 없이 계속 햄버거와 콜라로 번갈아 채웠다. 그사이 영지는 핸드폰으로 어딘가 문자를 보냈다.

쪼로록.

빨대로 빈 컵 바닥을 훑었다. 얼음이 또각 소리를 내며 자리를 옮기도록 영지는 아무 대답이 없었다. 내 인내심이 바닥을 드러내려는 순간, 문자가 왔다. 직업소개소였다.

ㅡ 아까 그 일 할 거면 사진이랑 계좌번호 남겨. 고객이 바로 일거리 보내 줄 것임.

화면에서 눈을 떼고 영지를 보았다. 영지가 아르바이트를 알아서 포기한 모양이었다. 영지는 바닥만 바라보며 계속 내 눈을 피했다. 그럼 그렇지. 피식! 코웃음이 나왔다.

"무슨 사진을 보내래? 웃기네."

셀카를 찍었다. 괜히 얼굴 팔리는 게 싫어서 모자로 살짝 얼굴을 가렸다. 사진과 함께 계좌번호를 직업소개소에 보냈다. 얼마 지나지 않아 고객이 보낸 문자가 날아왔다. 문자에는 지하철 역명과 물품보관소 번호와 비밀번호가 적혀 있었다. 물건을 찾아서 약속된 장소로 갖다주면 되는 일이었다.

"별일도 아니네."

문자를 확인하고 영지 앞으로 핸드폰을 내밀었다.

"전번 찍어!"

영지는 탁자 아래로 손을 감추었다.

"친구한테 전번도 안 알려 주나?"

엉덩이를 반쯤 들고 영지의 손을 잡아챘다. 영지는 억지로 도장 찍듯 천천히 화면에 숫자를 하나하나 찍었다. 나는 전화번호를 챙기자마자 얼굴을 찡그리며 벌떡 일어났다.

"영지야, 나 큰일 났다."

영지가 놀라서 고개를 들었다. 나는 허리를 구부리고 아랫배를 움켜쥐었다.

"나 신호 옴. 3일 만에 온 신호거든. 영지야, 나 옛날부터 화장실 가면 오래 걸리는 거 너도 알지? 고객이 빨리 오라는데 큰일이네. 이번 일은 알영지 네가 좀 도와주라. 친구끼리 좀 돕고 살자!"

영지의 대답은 듣지도 않고 돌아서 화장실로 갔다. 변기에 앉아 고객에게 받은 문자를 복사해서 그대로 영지에게 다시 보냈다.

－투머치 감사.

인사도 빼먹지 않았다. 화장실에서 나와 보니, 매장 안에 영지는 보이지 않았다. 앉았던 자리는 이미 깨끗이 치워져 있었다. 조금 전까지 무덥던 바깥 공기가 갑자기 선선하게 느껴졌다. 애초에 아르바이트 같은 거 하고 싶지 않았는데 영지를 만난 건 정말 행운이었다. 앞으로 들어오는 일은 다

영지에게 부탁하면 그만이었다. 돈이야 물론 내 통장으로 들어올 것이다. 이런 게 바로 신의 알바였다. 건널목에 서서 신호를 기다릴 때였다. 누군가 내 후드 티를 잡아당겼다. 뒤돌아보니 영지가 바로 옆에 붙어 서 있었다. 깜짝 놀라 뒤로 주춤 물러났다.

"모…… 모자 줘!"

영지가 더듬거리며 작은 목소리로 말했다. 갑작스러운 영지의 행동에 어이가 없었다.

"모자…… 없으면 일 안 줘. 거긴 네가 보낸 사진 속 얼굴도 확인할 거야."

영지는 후드 티를 놓지 않고 말했다.

"알영지! 너 미쳤냐? 왜 남의 모자를 달래? 네 사진을 다시 보내든지 말든지 네가 알아서 해."

때마침 신호가 바뀌었다. 후드 티를 잡고 있던 영지 손을 거칠게 내리쳤다. '짝!' 소리와 함께 손이 떨어져 나갔다. 건널목을 중간쯤 건너다 멈췄다. 다시 발길을 돌려 멍하게 서 있는 영지에게로 돌아왔다.

"자, 오랜만에 만난 선물이다. 대신 이 일은 앞으로 계속 네가 해."

바닥에 회색 모자를 내던졌다. 영지는 떨어진 모자를 주워 흙먼지를 털었다. 신호등이 깜박거리고 있었다. 서둘러 건널목을 건넜다. 뒤돌아보니 영지는 어디에도 보이지 않았다.

집에 돌아왔다. 햄버거를 먹었더니 밥 생각은 없었다. 식탁에 있는 반찬부터 정리했다. 싱크대에 남은 설거지거리가 눈에 들어왔다. 할까 말까 망설이다 그냥 방으로 들어왔다.

- 3시 20분 첫 번째 일 끝냄. 물품 : 양말 묶음. 전달 완료.

영지에게서 문자가 왔다. 첫 일을 잘 끝낸 모양이었다. 영지는 중학교 때부터 여러 가지 일을 했다. 식당이나 햄버거 가게에서 일하면 친구들과 함께 찾아가 얻어먹곤 했다. 친구끼리 장난을 쳐도 제일 재밌는 반응을 보이는 아이여서 다들 영지에게 장난을 많이 쳤다. 즐겁던 기억은 중3이 되어 영지가 갑자기 전학을 가는 바람에 끝이 났다. 그동안 영지를 잊고 지냈는데, 이렇게 다시 만나다니 신기한 일이었다.

- 입금 완료.

정말 일이 끝나자마자 내 통장으로 돈이 입금되었다. 그리고 두 번째 일이 바로 문자로 왔다. 나는 문자를 복사해서 다시 영지에게 보냈다. 서두르라는 말과 함께.

- 알겠어. 어려운 일 아니네. 언제든 시킬 일 있으면 문자 줘.

영지에게서 바로 답장이 왔다. 영지는 그대로 영지였다. 침대에서 벌떡 일어나 거실로 나왔다. 나의 첫 아르바이트를 자랑하고 싶었지만, 집엔 아무도 없었다.

'칫! 기분이다.'

아까 하려다 말았던 설거지를 했다. 설거지하는 동안 나도 모르게 콧노래가 계속 흘러나왔다.

신의 알바

벌써 4일째였다. 영지가 바쁘게 뛰어다닐수록 내 통장에는 차곡차곡 돈이 쌓였다. 늦은 아침을 먹으며 새 일거리를 받았다. 바로 영지에게 문자를 보내고, 청 반바지와 후드 티를 챙겨 입었다.

집을 나왔을 때는 해가 뜨거웠다. 오늘 내 목적지는 쇼핑몰이었다. 새 운동화가 필요했다. 영지 덕에 생각보다 더 돈을 모을 수 있어, 갖고 싶던 운동화를 사고도 돈이 남았다. 오늘 영지가 열심히 뛰어 주면 핸드폰 액정도 고칠 수 있다. 기분 좋게 새로 산 운동화를 가방 속에 넣고 있을 때 문자가 날아왔다.

– 학생, 왜 배달 안 해? 손님들 기다려. 우리 일은 시간을 다투는 일이다. 서둘러.

고객이 다급한 모양이었다. 바로 영지에게 문자를 보냈다.

– 뭐야? 일 안 해? 고객한테 계속 문자 오잖아.

영지에게서 답장이 없었다. 답답한 건 나였다. 영지에게 전화를 걸었다.

"야, 알영지! 뭐냐? 왜 배달 안 해?"

"나 하기 싫어."

영지가 망설임 없이 대답했다.

"갑자기? 왜?"

"난 나쁜 일 안 해."

"나쁜 일? 너 웃긴다. 나쁜 일이든 좋은 일이든 일단 하기로 했으면 해야지."

"안 한다고."

"알! 너 뭐 잘못 먹었어? 죽을래?"

영지는 바로 전화를 끊어 버렸다. 그사이 고객에게서 문자가 세 건이나 더 왔다.

– 학생 얼른 일해라. 당장 답장하라고.

애가 타서 다시 영지에게 전화를 걸었다. 이미 영지의 전화기는 꺼져 있었다.

'영지 너 두고 보자.'

할 수 없었다. 일단 오늘 일은 내가 끝내야 할 것 같았다. 가방을 둘러메고 지하철역으로 향했다. 고객의 문자대로 지하철을 두 번 갈아타고 찾아간 보관함에는 서류봉투 하나만 달랑 들어 있었다. 너무 무겁거나 곤란한 물건이면 어쩌나 걱정했는데 다행이었다. 봉투는 심지어 밀봉되어 있지도 않았다. 봉투 안에는 플라스틱 명함 상자 하나가 들어 있었다. 이번 일은 이 명함을 전달하는 것이었다.

물건을 전달하기로 약속한 장소로 갔다. 역사 내 휴게소에서 아저씨 두 명이 기다리고 있었다. 그들은 내 차림새를 훑어보며 다가왔다. 아저씨들에게 서류봉투를 전해 주고 일이 끝났다. 끝나자마자 바로 다른 고객에게서 또 일이 들어왔다. 혹시나 하는 생각에 영지에게 문자를 보냈다. 역시나 대답이 없었다. 이번에는 강남역에서 물건을 찾아서 종로3가역으로 갖다주는 일이었다. 별일도 아니었다. 나쁜 일? 영지의 말이 떠오르자 괜히 화가 났다.

강남역에서 물건을 찾았다. 쇼핑백 안에는 소설책이 들어 있었다. 카프카의 『변신』이란 책이었다. 책? 새 책도 아니었다. 커다란 벌레가 그려진 낡은 표지를 보며 고개를 갸웃거렸다. 천천히 책장을 넘겨 보았다. 자연스럽게 넘어 가던 책장이 중간에서 멈췄다. 책장 사이에 카드가 끼워져 있었다. 신용 카드였다.

'카드?'

갖다줘야 하는 물건이 책인지 카드인지 헷갈렸다. 뭔가 좀 수상했다. 영지 말이 자꾸 떠올랐다. 의심은 점점 두려움으로 바뀌어 갔다. 정말 나쁜 일에 관여된 건 아닐까? 나는 애써 고개를 저었다.

'어쩌지?'

역사 의자에 앉아 생각에 빠졌다. 나쁜 일이어도 상관없다. 따져 보면 지금껏 내가 한 것도 아니었다. 모두 영지가 했으니 나는 모른 척하면 그만이었다. 그런데도 자꾸 손이 떨려 왔다. 그때 고객에게서 또 문자가 왔다.

– 학생, 계속 앉아만 있을 거야? 빨리 움직여라.

벌떡 일어나 주위를 살펴보았다. 누군가 나를 지켜보고 있었다. 이제 손이 바들바들 떨렸다. 어떡하지? 도망갈 곳도 없었다.

"이번만 하자!"

소설책을 가방에 밀어 넣고 움직였다. 지하철을 타고 목적지로 가면서 영지에게 전화했다. 전화기는 여전히 꺼져 있었다. 직업소개소에 전화해서 이 일이 나쁜 일은 아닌지 물어봤다. 자기들은 그냥 중간에서 연결만 해 준 거라며 아무것도 모른다고 했다. 그리고는 나더러 알아서 하라며 전화를 끊었다.

카드 관련 아르바이트를 검색해 보고 깜짝 놀랐다. 비슷한 고민에 빠진 사람이 수없이 많았다. 보이스 피싱에 관련된 카드 전달책 일을 하다가 잡혔다는 사람들 사연은 대부분 비슷했다. 단순히 심부름만 했는데 엄한 처벌을 받았다는 내용도 있었다. 나는 교도소란 단어를 발견하고 얼른 화면을 닫아 버렸다. 두 손을 꼭 마주 잡았지만 떨림은 멈춰지지 않았다.

보관함은 종로3가역 4번 출입구 바로 앞에 있었다. 보관함에 물건을 넣고 문자를 보내면 끝이었다. 빈 보관함을 열고 가방 속에서 책을 꺼내려는데 옆이 시끄러웠다. 조금 떨어진 다른 쪽 물품보관소에서 소동이 벌어졌다. 모자를 눌러쓴 청년을 세 명의 아저씨들이 둘러싸고 있었다.

"왜 이러세요?"

청년이 거칠게 저항하며 소리쳤다. 청년을 둘러싼 아저씨들이 신분증 같은 것을 보여 주었다. 곧 청년은 잠잠해졌고, 물품보관함을 열어 안을 보여 주었다. 경찰인 것 같았다. 경찰, 물품보관함, 검사, 카드, 보이스 피싱……. 티브이 속에서나 보던 일이 내 눈앞에 펼쳐지고 있었다. 주인공은 바로 나였다. 불쌍하고 억울한 역할이었다.

쿠궁 쿵쿵.

심장 소리가 밖으로 들렸다. 뻣뻣해진 손을 꽉 쥐었다가 펴고 마저 일을 끝냈다. 보관함을 닫고 경찰 아저씨 쪽을 힐끔 쳐다보았다. 그중 한 사람과 눈이 마주쳤다. 얼른 고개를 돌렸다. 최대한 자연스럽게 개찰구 쪽으로 움직이려 했지만, 다리가 바닥에 붙어서 떨어지지 않았다.

"저기! 잠깐만요!"

아저씨가 내게 뛰어왔다.

"잠깐 협조 좀 부탁합니다. 지금 넣은 물건 좀 확인해 봅시다."

"네에?"

짧은 스포츠머리 아저씨가 경찰 신분증을 보여 주며 방금 닫은 보관함을 열어 보라고 했다.

"아…… 아무것도 아닌데요. 그냥…… 그리고 그거 다시 열면 또 돈 들어요."

무슨 말을 하는지도 모르고 주절댔다.

"학생이에요? 우리가 관리자 불러서 열기 전에 협조 부탁합니다."

경찰 아저씨의 목소리가 달라졌다. 무거운 시선으로 나를 내려보며 말했다. 숨이 쉬어지지 않고 눈앞이 부예졌다. 경찰의 재촉하는 목소리만 노래방 에코처럼 귓가에 울렸다. 힘겹게 비밀번호를 눌러 보관함을 열었다. 덜컹, 문이 열리는 소리와 함께 나는 뒤로 주춤주춤 물러났다. 최대한 경찰과 떨어졌다. 경찰은 보관함 안의 물건을 꺼냈다. 상자를 열어 보고 나를 쳐다보았다.

"운동화?"

경찰 손에는 새로 산 운동화가 들려 있었다. 경찰은 운동화를 꺼내 바닥까지 꼼꼼히 살폈다. 경찰이 아무 말 없이 나를 내려보았다. 아직도 의심이 가시지 않은 눈빛이었다. 시선이 내 등 뒤의 가방으로 향했다.

"학생, 가방도 좀 봅시다."

경찰이 손짓으로 가방을 가리켰다. 나는 순순히 명령에 따랐다. 가방 지퍼를 열자, 잡동사니 사이로 소설책이 보였다. 경찰은 소설책을 꺼내 집어 들었다.

"변신?"

책 표지에 그려진 벌레가 내 셔츠 안으로 기어들어 오는 느낌이 들었다. 꿈틀꿈틀 벌레가 배를 타고 가슴으로 올라와 속옷 속으로 들어왔다. 주저앉고 싶은 걸 간신히 버텼다. 경찰이 책장을 넘겨 보았지만, 아무것도 나오지 않았다. 재빨리 카드를 소매에 감춘 덕이었다. 경찰은 여전히 의심스런 눈으로 나를 바라봤다.

"야, 얼른 빠져."

맞은편에서 다른 경찰이 급하게 손짓을 했다. 머뭇거리던 경찰이 책을 내밀었다. 협조 감사하다 어쩌고 말하는 것 같았지만, 내 귀에는 하나도 들리지 않았다. 정신을 차려 보니 나는 가방을 메고 걷고 있었다. 어느 방향인지도 모르고 지하철 역사로 내려왔다. 눈이 아프도록 눈물을 참아야 했다. 사람들을 피해 역사 제일 안쪽 의자에 앉았다.

"후유."

숨을 길게 내쉬어 보지만 쉽게 마음이 진정되지 않았다. 소매 속에는 카드가 그대로 남아 있었다.

'이제 어떡하지? 일은 다 영지가 했으니까 난 괜찮겠지.'

그냥 모른 척하면 될 거라 애써 좋게 생각했다. 하지만 경찰, 카드, 교도소……. 자꾸 안 좋은 생각이 머릿속에서 마구 뒤엉켰다.

'어떡하지…….'

머리를 감싸 쥐었다. 그때 바닥을 향한 내 시선 안으로 불쑥 신발이 들어왔다. 얇은 발목에 청 반바지와 검은 후드 티를 입고 모자를 눌러쓴 영지가 내 앞에 서 있었다.

"알……영지, 네가 왜 여기 있어?"

놀라서 말을 더듬거렸다.

"그냥 수민이 네가 걱정돼서!"

영지 얼굴에 미소가 가득했다. 좋은 일이 있는 사람처럼 보였다. 올려다봐서일까? 영지의 키가 그사이 더 커 보였다.

"영지 너 땜에 이렇게 된 거잖아. 그러니까 네가 다 책임져."

"뭘 내가 책임져? 무슨 일 있었어?"

의자에서 벌떡 일어났다. 영지는 물러서지 않고 당당히

이마를 맞대어 왔다. 나는 뒤로 물러나 벽을 손으로 짚고 버텼다. 앉지도 서지도 못한 어정쩡한 자세가 되었다.

"이게 진짜! 이제 와서 발뺌하겠다? 너 우리나라에 시시티브이가 얼마나 많은 줄 알아? 영지 네가 한 걸 모두……."

미처 말을 다 하지 못하고 의자에 다시 주저앉았다. 나는 영지를 발끝에서 머리끝까지 훑어보았다. 청 반바지에 검은색 후드 티를 입고 회색 모자를 꼭 눌러쓴 영지의 차림새가 나랑 비슷했다.

"아, 모자! 돌려줄게. 이제 필요 없을 것 같네."

영지가 내게 회색 모자를 내밀었다.

"영지 너 일부러 나랑 똑같이 입고 다닌 거야? 내 행세한 거냐고?"

"무슨 말이야? 수민아, 난 전혀 모르는 일이거든."

영지는 웃음을 그치지 않았다.

"영지 너랑 주고받은 문자도 있어. 이거면 너도 무사하진 못할걸?"

문자 찾는 손가락이 화면 위를 이리저리 헤매었다. 떨리는 손가락을 감추려고 주먹을 꼭 쥐었다 폈다.

"수민아, 문자엔 네가 나한테 다 시키는 내용밖에 없어. 문자만 보면 수민이 네가 중간책이 되는 거야. 중간책은 단순 알바생보다 훨씬 무거운 벌을 받는다는 것 같더라. 사실인지 확인하고 싶으면 경찰한테 다 보여 주든지."

"야! 너!"

영지 얼굴을 향해 손을 날렸다.

짝!

소리와 함께 영지의 얼굴이 헝클어진 머리카락에 가려졌다. 영지가 머리를 뒤로 넘기며 날 쳐다보았다. 놀란 표정은 금방 웃는 미소로 바뀌었다.

"내가 왜 알영지가 된 줄 알아? 너한테 조금이라도 덜 괴롭힘당하려면 알바라도 해서 돈을 벌어야 했거든. 그렇게 수많은 알바를 하다 보니 한번에 알겠더라. 첫날 양말 속에 든 카드를 보자마자, 이 일이 보통 일이 아니란 걸 말이야."

목소리는 떨렸는데, 영지 입가엔 미소가 보였다.

"이건 너한테 받은 만큼 돌려주라는 신의 알바였어."

"내가? 내가 뭘? 어릴 때 친구끼리 장난 좀 친 걸 가지고 그러냐?"

"너한테는 장난이었지? 당하는 사람은 아니거든. 그래서 난 학교도……."

"그래서 전학 간 거야?"

"전학? 억울한 게 그거야. 난 학교까지 그만둘 정도로 힘들었는데, 너는 기억도 못 해. 그냥 착한 딸, 착한 학생으로 살잖아."

영지의 눈에 눈물이 글썽했다. 띠링! 그때 고객에게서 다시 문자가 날아왔다.

- 대명고 2학년 2반 김수민. 양천구 신정4동.

문자를 보는 순간 심장이 내려앉았다. 깨진 액정 화면의

거미줄이 온몸을 휘감아 왔다.

"그냥 장난이었다고."

갈곳을 잃어 덜덜 떨리는 손으로 영지의 소매를 꽉 붙잡
았다.

"도…… 도와줘!"

탁!

차갑게 손을 뿌리치고 영지가 뒤돌아 가 버렸다. 이제 어
디로 가야 하지? 내 몸은 힘없이 바닥으로 떨어져 내렸다.

유학생 고준하

●

"너희들은 앞으로 처음 만나는 순간들이 넘쳐 날 거야.
그 순간순간 아주 소중히 기억해야 해."

유학 생활 4년차. 중3이 되어 얹혀 살던 친척 집을 벗어나 나의 첫 집을 장만했다. 물론 세입자다. 주인집 뒷마당에 방 하나짜리 조립식 주택이 내 것이다. 분리된 주방과 화장실이 있고, 방은 넓진 않지만 침대와 작은 소파까지 놓여 있다. 온전한 혼자만의 공간이다.

"사삭 삭!"

검정 비닐봉지 소리가 바람처럼 날카롭다. 편의점에서 산 라면을 담은 검정 비닐봉지가 요란스럽게 흔들렸다. 따끈한 라면 생각에 집으로 향하는 발걸음이 빨라졌다. 집 앞 마지막 골목을 돌아서는데 담장 너머로 불빛이 보였다. 내 방이다!

"엄마가 왔나?"

엄마는 반찬이 떨어진 걸 섬에서 다 지켜보는 것 같다. 엄마표 반찬 생각에 갑자기 배가 더 고파졌다. 담장에 구멍을 내서 새로 만든 철문을 밀고 들어갔다. 현관까지는 서너 걸음이면 된다. 현관문을 활짝 열었다.

"엄······."

엄마가 아니었다. 주방 가스레인지 앞에 서 있는 건 주영만이었다.

내 집이 생기고, 불편한 점은 딱 하나! 바로 주영만 이 녀석이다. 벌써 냄비에 물을 끓이며 날 기다리고 있었다. 주영만은 내 손에 들린 검정 봉지를 빼앗아 갔다.

"야!"

문은 도대체 어떻게 열었을까?

"미안. 나 진짜 쌀 뻔했거든. 진짜 미안."

녀석이 턱으로 가리킨 신발장 위에 젓가락이 보였다. 끝이 살짝 휘어져 있었다. 젓가락으로 문을 딴 모양이다.

촤작 촥 촥 촥!

주영만이 리듬감 있게 라면 스프를 위아래로 흔들었다.

"준하야, 어서 손 씻어. 밥 묵자."

녀석은 자연스럽게 냉장고를 열고 김치통을 꺼냈다.

주영만. 키는 나보다 한 뼘이나 작지만, 나이는 두 살이나 많다. 무슨 사정이 있는지 학교를 2년 쉰 녀석은 작년에 이어 올해도 같은 반이 되었다. 그사이 형, 동생 호칭은 버리고 그냥 친구 먹었다. 주영만도 별 불만은 없어 보였다.

후루룩 쩝쩝.

라면 세 개를 금방 국물까지 비우고 바닥을 긁어 댔다.

"주영만, 내일은 오지 마라."

부엌 싱크대에서 설거지를 하며 말했다. 화장실에 갔던 주영만이 방으로 들어가다 다시 내 옆에 바짝 붙었다.

"싫은데."

"야. 가끔은 쉬어라. 내일은 딴 사람 놀러……."

순간 뱉은 말을 주워 담고 싶었다.

"딴 사람? 누구? 누구?"

갑자기 얼굴이 뜨거워졌다. 거울을 안 봐도 빨개졌다는 걸 알았다.

"어어! 이놈 보게. 엄청이 수상하신데?"

주영만이 어깨로 날 툭툭 치며 싱글싱글 웃었다. 주먹을 부르는 미소였다.

"아무튼, 내일은 오지 마."

주영만은 방에 엉덩이를 걸치고 앉아 내게서 눈을 떼지 않았다. 내가 설거지를 끝내고 이를 닦을 때까지 그 자세 그대로였다.

"너 해 봤어?"

뜬금없이 주영만이 물었다.

"뭘 해?"

이를 닦으며 화장실 문 옆에 달린 거울 속 주영만을 쳐다보았다.

"고준하, 너 잘 못하면 큰일 난다."

뭔 큰일? 또 쓸데없는 말이다. 주영만은 목소리를 깔고 거들먹거리며 두 살 많은 형이 되었다. 치컥! 치컥! 거칠게 이를 닦았다.

"여자들은 아주 예민해. 한번 틀어지면 그 순간 끝이야."

주영만을 흘겨보며 카악 치약 물을 뱉어 냈다.

"미친 새끼. 그런 거 아니거든."

"아니긴 뭐가 아니여. 너 10분째 거울 보면서 이만 닦고 있거든. 크크크."

음흉한 웃음에 대항하지 못하고 화장실로 도망쳤다.

쿠당탕! 현관문 소리가 들렸다. 뭐지? 서둘러 입을 헹구고 밖으로 나왔다. 주영만이 사라졌다. 문이나 닫고 가지. 나는 마당과 담장 너머를 쓱 둘러보고 활짝 열린 현관문을 닫았다.

방으로 들어와 티브이를 켰다. 목적 없이 티브이 채널만 돌려 댔다.

쿵! 쿵! 쿵!

누군가 현관문을 두드렸다. 또 주영만이었다. 숨이 넘어갈 듯 가쁘게 숨을 몰아쉬며 검정 봉지를 흔들어 댔다.

"또 뭐냐?"

"알퐁스 도데! 헉헉헉."

도데? 주영만의 눈이 별보다 더 반짝였다. 녀석은 방으로 들어가 의자에 올라서더니 천장을 야광 별 스티커로 도배했다.

"야, 초딩이셔요?"

하지만 유치하다고 생각하던 마음이 조금씩 바뀌어 갔다. 천장이 점점 야광 별로 채워지자 가슴은 두근거림으로 방망이질 쳤다. 어느 순간 나도 천장을 하늘로 바꾸는 일을 함께 하고 있었다.

"준비 끝!"

온몸을 불태워 작업을 마친 우리는 바닥에 대자로 나란히 누웠다.

"불 꺼 볼까?"

주영만에게 물었다.

"미쳤냐? 너랑 나랑 별 볼 일 없다. 내일 써먹어!"

주영만이 내 옆구리를 폭 쳤다.

"근데 남자가 왼쪽인가? 오른쪽이었나?"

주영만이 양손으로 허공을 껴안는 듯한 동작을 하며 고개를 갸웃거렸다. 그러더니 벌떡 일어나 주방으로 나갔다. 비닐봉지 소리가 들리고, 싹둑 가위질 소리도 들렸다. 또 뭔 짓을 하는 거지? 나는 몸을 일으켰다.

"헉!"

주영만이 검정 봉지를 뒤집어쓰고 방으로 들어왔다.

"오른쪽인지 왼쪽인지 우리 연습해 보자!"

양쪽 눈 부위를 가위로 오려 낸 검정 봉지를 쓴 주영만이 나를 바닥에 앉히고 얼굴을 가까이 디밀었다.

"미친놈!"

일어서려는데 주영만이 내 어깨를 다시 눌렀다. 우리는 얼굴을 바짝 맞대고 서로 눈을 바라봤다. 이어지는 침묵.

꿀꺽!

침 넘어가는 소리가 들렸다. 주영만이 눈을 감으며 고개를 한쪽으로 기울였다. 점점 다가오는 검정 봉지! 뭐지? 뭐야? 나도 모르게 스르르 눈이 감겼다. 비닐의 차가운 표면이 입술을 스쳤다.

픽!

우린 서로를 세게 밀쳐 내며 떨어졌다.

"오케이. 오른쪽!"

주영만이 검정 봉지를 벗더니 벌러덩 바닥에 다시 드러누웠다. 멋쩍은 나는 머리를 긁적이며 바닥에 뒹구는 검정 봉지만 바라봤다.

"근데, 누가 오는데? 우리 반 애야?"

나는 대답하지 않고 침대에 올라가 누웠다. 몸을 뒤척여 베개를 껴안았다.

"누군데?"

집요한 녀석이다. 알려 주지 않으면 오늘밤 내내 날 가만두지 않을 것 같았다.

"이안."

주영만이 벌떡 일어났다. 그리고 동그래진 눈으로 날 내려다보았다.

"이안? 우리 반 이안이라고? 진짜? 이 새끼!"

픽! 픽! 주영만이 내 엉덩이를 발로 찼다. 제법 힘이 실린 발길질이었다.

"나 그만 갈게."

갑자기 주영만이 현관 쪽으로 갔다.

"안 자고 가?"

"집에 가 봐야 해."

11시가 넘은 시간이었다. 주영만은 대충 가방을 챙겨 나가 버렸다.

쿵!

방문이 닫히며 바람이 일었다. 바람은 검정 봉지를 공중으로 밀어 올렸다.

"봉투 드릴까요?"

띡! 띡! 라면 봉투의 바코드를 찍으며 점원이 물었다.

"네."

점원이 내민 건 검정 비닐봉지였다. 순간 떠오른 어젯밤 기억에 입술을 깨물었다. 주영만 이 자식!

"야, 뭐 해?"

검정 봉지를 보며 머뭇거리자 옆에 있던 이안이 대신 받았다. 이안이 라면을 봉지에 넣고 앞서 편의점을 나섰다.

도로를 따라 조금 걸으면 집 앞 골목이 나온다. 이안과 나란히 걸었다. 이안은 비닐봉지를 앞뒤로 흔들며 계속 종알거렸다. 중간중간 까르르 박수까지 치며 웃어 댔다. 내 귀에는 아무 소리도 들리지 않았다. 골목에 들어서면서부터는 심장이 미친 듯이 뛰었다. 발걸음을 재촉하며 골목을 달리듯 걸었다.

이상한데? 골목이 왜 이렇게 길어졌지? 분명 조금 전 지나왔던 골목을 또 걷는 기분이다. 매일 단숨에 지나쳤던 곳인데 오늘은 가도 가도 끝이 없었다.

"멀었어?"

이안이 가로등 아래 서서 물었다. 벙거지 모자 그림자에 가려 입술만 덩그러니 드러났다. 작지만 도톰한 입술이 꿀을 바른 듯 촉촉했다. 침이 꿀꺽 넘어갔다. 꿀 때문이다. 꿀은 어떤 맛일까? 이안 입술 위에 내 입술을……. 검정 봉지가 눈앞에서 흔들렸다. 으헉!

"무슨 생각을 그렇게 해? 아직 멀었냐고."

"다…… 다 왔어."

골목 끝 전봇대 아래 작은 철문이 보였다. 반가웠다. 철문 앞까지 오는 데도 꽤 시간이 걸렸다. 작은 철문을 밀고 들어갔다. 이안이 머리를 부딪칠까 봐 철문 위를 손으로 가려 줬다. 끄응! 허리를 숙이고 구부정한 자세로 철문을 통과했다.

"문이 꼭 장난감 같아!"

이안이 담장에 달린 작은 철문을 뒤돌아보며 까르르 웃었다. 나도 억지로 따라 웃었다. 추운데도 손바닥에 땀이 축축했다. 슬그머니 바지 뒤춤에 손을 문질러 닦았다.

이제 현관문만 열면 된다. 다 되었다. 잠잠하던 심장이 또 나대었다. 잠시 뒤면 세상으로부터 숨어서 단둘이 있을 수 있다. 좁지만 온전한 우리만의 공간이다. 아무도 침범할 수 없는 곳. 문만 열면 이안 입술 위에 내 입술을…….

열쇠 끝으로 열쇠 구멍을 찾았다. 손이 떨려서 구멍에 맞출 수가 없었다. 침착해. 준하야, 침착하자. 두 손으로 열쇠를 쥐고 간신히 중심을 잡아 구멍에 끼워 넣었다. 들어가는 듯하던 열쇠가 멈칫거렸다. 어? 왜 안 들어가지? 마음은 급해 죽겠는데, 열쇠까지 말썽이었다. 추운 날씨에도 이마에 땀이 흘렀다. 심장 소리, 손떨림, 땀, 머릿속 상상을 들킬까 봐 몸으로 손잡이를 가리고 열쇠를 다시 꽉 쥐었다. 억지로 열쇠를 밀어 넣었다. 됐다! 들어갔다!

철컥! 철컥!

제길, 열쇠가 돌아가지 않았다. 이제 다 왔는데. 열쇠, 너 진짜 이럴 거야? 디지털 도어 록으로 바꿔 버린다! 겁을 주고 몇 번을 더 돌려 보아도 소용없었다. 미안해! 제발 나 좀 도와줘! 이번엔 열쇠에게 간절히 빌었다. 철컥! 철컥! 아무리 돌려도 열쇠는 나를 외면했다. 쇳덩이 새끼!

"왜? 안 열려? 천천히 해 봐."

천천히? 이안은 왜 이렇게 여유롭지? 고개를 돌려 이안을 보았다. 하! 얼굴은 보이지 않고 반짝이는 입술만 내 눈에 들어왔다. 아, 진짜! 내가 이 상황에서 천천히 하게 생겼냐고!

"열쇠 망가진 것 같은데, 다른 뾰족한 거 없어?"

뾰족한 거? 젓가락? 주영만? 내 머릿속이 빠르게 돌아갔다. 지금 주영만을 부르면 어쩌면 문을 열 수 있다. 하지만 더 계산이 필요하다. 주영만 이 자식이 순순히 돌아갈까? 셋은 아니 된다. 절대로 안 된다. 아니 잘 타이르면, 아니 간절히 부탁하면 어쩌면……. 울고불고 매달려 볼까? 그래, 일단 문부터 열자.

"주영만 잠깐 불러도 되지?"

이안의 얼굴을 살펴본다. 깊게 눌러쓴 벙거지 모자 때문에 표정을 살피기가 어려웠다.

"주영만? 그래. 불러."

담담한 목소리였다. 내가 다른 애를 부른다고 했는데도 아무렇지 않은 이안의 목소리가 왠지 서운했다. 제길, 그래도 문 여는 게 먼저다. 주영만에게 전화를 걸었다.

띠리리리.

가까운 곳에서 벨 소리가 들렸다. 고개를 돌려 주위를 둘러보았다. 담장 너머 한 곳이 밝아졌다. 당황한 듯 빛이 이리저리 부산하게 움직이더니 골목을 뛰어 달아났다. 주영만이 담장 너머에 숨어 있었다. 너랑 쇳덩이랑 둘 다 죽었어.

"주영만, 너……."

수화기 너머로는 가쁜 숨소리만 들렸다.

"주영만, 일단 빨리 와서 문 좀 열어. 그리고 그대로 돌아가기다. 알았지?"

가쁜 숨소리가 크크크 웃음소리로 바뀌었다. 골목을 따라 되돌아오는 발자국 소리가 들렸다.

끼이익.

곧 철문이 열리고, 주영만이 허리를 구부린 채 싱글싱글 주먹을 부르는 얼굴로 나타났다. 성화 봉송 주자처럼 젓가락을 한 손에 치켜들고 다가왔다.

처격 척 처격.

몇 번 젓가락으로 열쇠 구멍을 휘저었다. 딸깍! 선명한 소리와 함께 현관문이 열렸다. 감탄하면 안 되는데 입이 쩍 벌어졌다.

"내가 뭐라고 했냐? 뭐든 경험이 중요하거든."

주영만이 내 귀에 속삭이더니 안으로 들어갔다.

"우아! 주영만 대단한데."

이안이 따라 들어갔다. 미처 말릴 틈도 없이 주영만은 신발을 벗더니 방 안까지 먼저 차지했다.

"영만아, 우리 라면 먹자!"

이안이 검정 봉지를 들고 흔들었다. 풉! 주영만이 봉투를 보더니 웃음을 참으려 고개를 돌렸다.

"지금 갈려고 했는데, 할 수 없지. 내가 끓여 줄게."

주영만이 주방으로 나갔다. 나는 이안을 소파에 앉혀 두고 얼른 녀석을 쫓아갔다.

"야, 주영만. 집에 안 가?"

방 안에 있는 이안의 눈치를 살피며 속삭였다.

"라면만 먹고 갈게."

"얼른 가라고."

사납게 눈알을 굴렸다. 간다 안 간다 나는 떠밀고 주영만은 버텼다. 그때 이안이 방 안에서 고개를 내밀었다.

"오주영 불러도 되지?"

유학생 고준하

이안이 핸드폰을 들고 우리 표정을 살폈다.

"오, 주영?"

주영만 얼굴이 심각해지며 중얼거렸다.

같은 반 오주영은 대놓고 주영만을 좋아했다. 오주영은 '주영만은 오, 주영만 사랑하는 거야?', '오주영과 주영만, 어쩜 우린 이름부터 인연인가 보다.' 같은 말을 툭툭 던지며 주영만을 향한 마음을 숨기지 않았다. 서로 이름을 가지고 티격태격하는 모습을 친구들은 재밌어 했다.

"나 갈게."

오주영이 온다는 소리에 주영만은 라면 물만 올려놓고 도망쳤다. 어쨌든 이제 둘만 남았다.

라면은 끓이지 않았다. 입이 바짝 말라 입맛을 잃었다. 지금 우리 둘 사이에 라면이 낄 자리는 없었다. 우린 옛날 사진들을 훑어보고, 티브이도 보았지만 나는 먼 친척 집에 놀러 온 것처럼 어색하기만 했다. 까르르 하하하. 나와 다르게 이안은 아주 즐거워 보였다. 이건 아닌 듯. 나는 티브이를 끄고 음악을 틀었다. 이안은 고개를 끄덕이며 조용히 리듬을 맞췄다.

"이건 뭐야?"

이안이 책상 위에 놓인 검정 봉지를 들고 물었다.

"알퐁스 도데?"

이안은 검정 봉지 안에서 책을 꺼냈다. 언제 그랬는지 주영만 이 자식이 봉지 안에 책을 넣어 둔 것이다. 그래. 지금

이야말로 도데의 도움이 필요한 순간이었다. 고맙다, 주영만!

"이안, 너 별 볼래?"

나는 천장을 향해 손가락을 가리켰다.

"별?"

이안이 눈이 동그래졌다.

"픕, 하하하."

갑자기 이안이 막 웃었다. 어설픈 계획을 들킨 것 같아 난 막 울고 싶어졌다. 주영만 나쁜시키.

"그래. 나도 별 보고 싶다. 얼른 이리 앉아."

이안이 소파 한쪽에 앉아 옆자리를 손으로 두드렸다. 나는 어슬렁거리다 슬그머니 이안 옆에 앉았다.

"불 꺼야 보이지?"

이안이 말했다. 아! 나는 서둘러 입구 쪽 벽에 있는 스위치를 껐다.

"와!"

우린 동시에 감탄을 했다. 하나도 유치하지 않았다. 별과 행성과 은하수까지 어우러진 천장은 우주처럼 보였다. 고개를 들고 한동안 천장만 보았다. 도데 님, 감사합니다. 우리는 어느새 어깨를 붙이고 앉아 있었다. 잔잔한 음악이 흐르고, 우린 함께 우주를 부드럽게 유영하고 있었다.

고개를 돌리다 이안과 눈이 마주쳤다.

"아!"

이안은 처음으로 긴장한 표정을 지었다. 반짝거리는 눈과 작고 도톰한 입술은 어둠 속에서도 선명했다. 오오! 이안이 눈을 감았다. 그 순간, 지구가 자전을 멈췄다. 세상은 다 사라지고 둘만 남았다. 자, 이제 나를 따르라! 오직 입술만 살아남아 대장이 되었다. 모든 세포가 중력을 거슬러 입술로 모여들었다. 천천히 입술이 입술로 다가갔다. 오른쪽! 오른쪽!

철컥! 철컥!

갑자기 현관문 여는 소리가 들렸다. 주영만이 돌아왔나? 화들짝 놀란 나는 현관문으로 달려갔다.

"누…… 누구세요?"

밖에서 비닐봉지 소리가 요란했다.

"어, 준하 안에 있었구나. 엄마야."

엄마였다. 뚝! 심장이 멈춰 섰다. 굳어 버린 심장은 한순간 발바닥까지 떨어졌다. 텅텅텅 요란한 소리를 내며 회색 빛 심장이 발밑에 나뒹굴었다.

방 안에서 후다닥 이안이 뛰어나왔다. 공포 영화를 보듯 동그래진 이안의 눈과 마주쳤다. 영화보다 더 놀라운 이 상황에서 할 수 있는 건 침묵뿐이었다. 나는 현관문을 열었다.

"불 끄고 뭐 하고 있어?"

"어?"

그제야 불을 끄고 있다는 걸 눈치챘다. 주먹으로 머리를 치며 벽에 있는 스위치를 올렸다.

불이 들어왔다. 환해진 방은 낯선 상황을 그대로 드러냈다. 아들 옆에 서 있는 여자아이를 보고 엄마가 뒤로 주춤 물러섰다. 엄마가 두 눈동자를 바쁘게 움직여 나와 이안을 번갈아 보았다. 그러더니 들고 있던 비닐봉지를 바닥에 툭 떨구었다.

"아…… 안녕하세……."

이안의 인사는 돌아서는 엄마의 등에 맞고 바닥에 내동댕이쳐졌다.

엄마는 이안이 인사에 대답도 하지 않고 다시 비닐봉지를 들고 싱크대로 향했다. 그리고 반찬과 야채들을 꺼내 정리를 시작했다.

"어, 엄마!"

엄마는 내가 불러도 대답이 없다. 굳은 얼굴로 냉장고를 열고 반찬을 정리할 뿐이었다. 어쩔 줄 몰라 하던 이안이 방으로 들어가 외투와 가방을 들고 나왔다.

"안녕히 계세요."

이안이 서둘러 현관문을 나서려 할 때였다.

"너희들, 저녁도 안 먹었구나!"

싱크대 위에 올려놓은 라면을 보며 엄마가 말했다. 싸늘한 공기를 피해 도망치려던 이안과 나는 그대로 멈춰 섰다.

"친구는 이름이 뭐야?"

엄마가 목사님을 만날 때 목소리로 물었다.

"아, 네. 준하랑 같은 반 이안이라고 해요. 저 오늘 처어음

놀러 왔어요."

이안은 처음이란 단어에 힘을 줬다.

"그래, 이안. 부탁 좀 해도 될까?"

"부탁요?"

"그래, 혹시 요리는 잘하니?"

"엄마, 뭐야? 왜 그런 걸 물어?"

엄마는 나를 향해 눈썹을 찡그렸다.

"아니요. 요리 같은 거 거의 안 해 봤어요."

"에구. 그럼 이리 와서 이것 좀 도와주렴. 친구 집에 왔는데 밥은 먹고 가야지. 근데 이 녀석은 왜 안 오지?"

"누가 또 와?"

"영만이를 집 앞 골목에서 만났어. 간장이 떨어진 걸 깜박해서 영만이한테 부탁했지. 금방……."

덜컹!

말이 끝나기도 전에 현관문을 열고 주영만이 나타났다. 나는 모든 욕을 모아 눈빛으로 주영만에게 쏘아붙였다. 주영만이 어깨를 으쓱였다.

"이안아, 미안한데 아줌마 좀 도와줄래?"

"네네. 그럼요."

우리도 할 일이 있었다. 주영만은 양파를 까고, 난 마늘을 깠다.

"이안아, 미안하다. 처음 보는데 주방일 시켜서."

"무슨 말씀이세요. 괜찮아요."

46 × 47

"어…… 엄마, 우리 아무것도 안 했어. 불은 별 보느라고 잠깐 끈 거야."

내가 둘 사이로 끼어들었다.

"별 같은 소리하네. 이놈아, 문 닫고 별을 보냐?"

엄마가 걸걸한 목소리로 쏘아붙였다. 평상시 목소리였다. 왠지 안심이 되었다. 당황했던 이안의 표정도 좀 풀려 보였다.

"언제적 레퍼토리니? 별 보여 준다는 별 그지 같은 놈이랑은 놀지 말아요."

엄마가 이안의 귀에 속삭였다.

"다 들리거든."

내가 입술을 삐죽였다. 다 글렀다. 오늘은 그냥 완전 별 그지가 되고 말았다.

"조금 전엔 아줌마도 이런 상황이 처음이라 당황했어. 미안!"

"아…… 아니에요."

"대신 아줌마랑 별 다섯 개짜리 된장찌개를 끓여 보자."

엄마가 고개를 돌려 날 째려보더니, 다시 이안을 보고 웃었다.

주영만과 난 칼질을 배워 가며 양파도 썰고, 감자도 썰었다. 이안은 엄마가 시키는 대로 쌀을 씻어 쌀뜨물을 남기고 밥통에 올렸다. 된장찌개 냄비에 멸치를 볶아서 넣고, 다시마도 넣었다. 된장은 한 숟가락 퍼서 넣고 고추장은 된장의

3분의 1만 넣었다.

"영만이랑 준하는 이제 됐어. 너희들은 설거지 예약!"

주방에서 밥이 익어 가는 동안 주영만과 나는 방에 있었다. 서로 맞은편 벽에 붙어 앉아 입술만 씰룩거렸다. 엄마가 온 걸 뻔히 알면서 침묵한 녀석이다. 친구 목록에서 삭제다.

부엌에선 엄마와 이안의 웃음소리가 간간히 들려왔다. 까르르, 이안의 기분 좋은 웃음소리에 내 마음도 편안해졌다.

금방 저녁상이 차려졌다. 뜨거운 김이 올라오는 된장찌개가 밥상 한가운데 놓였다. 둥근 양은 밥상에는 멸치볶음, 김, 계란찜과 콩나물무침까지 제대로 한 상이 차려졌다.

밥상을 방으로 옮겼다. 된장찌개 냄새가 방 안을 가득 채웠다. 피곤한 하루를 싹 녹여 내는 냄새였다. 우린 밥상에 둘러앉았다.

"와, 역시 아줌마 된장찌개는 진짜 별 백만 개예요."

주영만이 된장찌개를 한 숟가락 떠먹고 말했다.

"이안이 다 끓인 거야."

엄마가 말했다.

"다 아줌마가 알려 주신 대로 한 거잖아요. 저 된장찌개는 처음 끓여 봤는데 넘 재밌었어요."

"너희들은 앞으로 처음 만나는 순간들이 넘쳐 날 거야. 그 순간순간 아주 소중히 기억해야 해. 그러니까 앞으로……."

"잘 먹겠습니다!"

내가 엄마의 긴 연설을 끊었다.

쩌업, 쩝, 챙, 따각, 달칵달칵!

다들 배가 고팠는지 방 안에는 먹는 소리만 요란했다. 수저가 정신없이 밥상을 오갔다.

"설거지는 너희들이 해."

식사를 마친 후 나와 주영만은 설거지를 하고, 엄마와 이안은 방 안에서 이야기를 나눴다. 부엌에서는 투닥투닥 시끄러운 소리만 가득했고, 방에선 웃음소리가 들려왔다. 뭔 얘기가 저렇게 재밌을까?

"불 꺼!"

설거지를 끝내고 방으로 들어서는데, 엄마가 소리쳤다.

"우리 별 볼 거야."

이안이 웃으며 말했다. 엄마와 이안은 눈을 맞추며 서로 고개까지 끄덕였다.

"티브이 스타, 별이 나오는 영화."

엄마가 티브이 속 배우를 가리키며 말했다. 이안이 또 까르르 웃었다.

불 꺼진 방 안은 영화관이 되었다.

소파 가운데에 엄마랑 내가 나란히 앉았다. 내 옆에는 주영만이 앉고, 이안은 엄마 옆에 자리를 잡았다. 영화는 재밌었다. 나는 중간중간 이안을 힐끔거렸다.

'칫!'

이안은 영화에 몰입해서 나랑 눈도 한번 마주치지 않았다. 그게 또 서운했다.

영화 중반 이후로는 조금씩 졸음이 몰려왔다. 배가 부르고, 계속 긴장을 했던 탓이었다. 드르릉! 주영만은 이미 옆에서 입을 벌리고 잠들었다. 나는 한쪽 팔을 소파 등받이 위에 올리고 고개를 기댔다.

꾸벅.

눈꺼풀이 무겁다. 정신이 조금씩 희미해졌다. 뭔가 아쉽지만, 다행인 하루였다.

잠결에 손가락 끝에 뭔가 닿는 것 같았다. 살짝 눈을 뜨고 주위를 살폈다. 엄마가 앉은 채로 꾸벅꾸벅 졸고 있었다. 엄마가 고개를 떨굴 때마다 옆에서 잠든 이안이 보였다. 이안도 소파 위로 한쪽 팔을 뻗고 눈을 감고 있었다.

곰지락곰지락.

아주 작은 움직임이 느껴졌다. 뻗은 팔의 손가락 끝에 뭔가 닿았다. 이안의 손가락 하나가 내 손가락 끝에 닿았다 떨어졌다.

벌컹벌컹.

잠자던 심장이 들썩이기 시작했다.

모든 신경이 내 손가락 끝으로 모아졌다. 티브이 소리도 사라지고, 시끄러운 주영만의 코고는 소리도 사라졌다.

검지와 검지가 만났다. 내 손가락 끝마디에 이안의 손가락 끝이 살며시 올려졌다. 손가락을 바닥 융선의 소용돌이 무늬를 따라 아주 천천히 움직였다. 이안이 가진 무늬는 어떤 모양인지 온 신경을 집중해서 꼼꼼히 훑어 내렸다. 빙글

빙글 소용돌이 모양으로 손가락과 손가락이 춤을 추었다. 밭고랑 모양 곡선의 요철을 따라 오르막과 내리막을 쉬지 않고 달렸다.

눈을 떴다. 이안도 눈을 떴다. 마주 보며 이안이 소리 없이 웃었다. 이안 뒤로 작은 창문이 보였다. 가로등 불빛 밑으로 함박눈이 쏟아지고 있었다.

첫눈이다!

유학생 고준하

지박령 열차

●

"널 까맣게 태워 버린 사람보다
널 소중히 생각하는 사람들이 이렇게나 많다고."

가을 소낙비가 쓸고 지나가자 전철역은 한꺼번에 몰려든 사람들로 한바탕 소란이 일었다. 낮에는 덥고 밤에는 쌀쌀한 날씨였다. 에어컨을 켜기도 그렇고 히터를 틀기에도 모호한 온도였다. 환풍기를 통해 요란하게 쏟아지는 미지근한 바람에서 습습한 곰팡내가 진동했다. 치지직, 스피커에서는 쓸데없는 소음이 새어 나와 귓가를 긁어 댔다. 좁은 역내에 뒤섞인 사람들은 끈적끈적한 살들이 서로 닿을 때마다 기겁하며 손가락 끝으로 타인의 몸을 밀어냈다.

그런 중에도 역사 제일 앞쪽으로는 사람들이 다가가지 않으려고 애를 썼다. 다른 곳에 비해 유난히 어두운 그곳. 천장 전등이 들어왔다가 꺼지길 반복하고 때론 정신없이 빠르게 깜박거렸다. 노란 플라스틱 의자 주위의 바닥은 오래 묵은 때로 얼룩져 음산한 분위기를 더했다.

안전문이 설치되기 전, 1-2구역에서 사람이 전철로 뛰어드는 사고가 있었다. 그때부터 역사 제일 앞쪽 의자가 놓인 곳에는 이상한 일들이 일어났다.

사고가 있던 다음 날, 아무도 없는데 노란 플라스틱 의자가 혼자 흔들거렸다. 전철이 들어오는 순간이면 '까악 키익 끅' 누군가의 비명처럼 쇠가 갈리는 소리와 함께 의자가 앞뒤로 까닥거렸다. 역장이 확인해 봤지만, 의자는 아무런 이상이 없었다. 그런데 청소부 아저씨가 노란 의자 밑으로 걸레질을 할 때, 뭔가 자꾸 걸렸다. 아저씨는 의자 밑 어둠 속에서 몸을 납작 쪼그린 여자와 눈이 마주쳤다. 입은 웃고 있지만 슬픔이 가득한 눈빛을 아저씨는 잊을 수 없었다. 그 이후로도 1-2구역은 사람들이 다가서면 전등이 새까맣게 타버리기도 하고, 천장에서 붉은 물이 떨어져 내리기도 했다. 점점 노란 의자 주위에는 누구도 쉽게 다가가지 못했다.

오늘따라 하필 그 노란 의자 위에 검은 덩어리가 웅크리고 있었다. 덩어리에서 늘어진 기다란 머리카락에서는 물방울이 떨어졌다. 떨어진 물방울은 이미 바닥에 고여 있는 물에 두께를 더했다. 검은 덩어리는 존재만으로도 그 자리를 더 음침하게 만들었다. 사람들은 힐끔거릴 뿐, 그쪽으로는 아예 가까이 다가가지도 않았다.

전철은 이미 가득 찬 배 속에 또 사람들을 욱여넣고 사라지길 반복했다. 시간이 흐르자 소란스럽던 역사 안은 어느새 평소보다 더 한가해졌다. 핸드폰에 얼굴을 파묻은 몇몇 사람들이 벽과 기둥 사이로 보였다가 사라질 뿐이었다.

역사 앞쪽의 검은 덩어리는 여전히 자리를 지키고 있었다. 청소부 아저씨가 다가갔다가 "이봐요, 저기…… 거 참……." 말만 더듬거리다 어쩔 줄 몰라 하며 멀리 떨어진 곳의 직원을 쳐다보았다. 직원은 시시 티브이를 보며 곤란한 듯 얼굴을 찡그렸다.

역장은 상황실 모니터 속에서 검은 덩어리의 존재를 확인했다. 역장은 평상시보다 훨씬 더 시끄럽게 지하철 이용 세 시간 이상 경과 시 추가 운임에 대한 안내 방송을 내보냈지만, 검은 덩어리는 좀처럼 움직이지 않았다. 역장은 찬물만 몇 잔째 벌컥벌컥 들이켰다.

드르륵.

진동 소리와 함께 검은 덩어리가 꿈틀거렸다. 청소부 아저씨는 한발 물러서며 힘겹게 침을 삼켰다. 꾸물거리던 덩어리에서 하얀 손이 불쑥 튀어나왔다.

"어이쿠."

아저씨는 물걸레를 질질 끌며 뒤로 물러났다. 직원도 괜히 무전기를 귀에 대고 급히 계단 쪽으로 돌아섰다.

삐이익.

스피커에서 잡음이 비명처럼 울려 댔다. 모니터를 보던 역장도 놀라기는 마찬가지였다.

검은 덩어리가 허리를 펴자 검은색 후드 티의 모자가 살짝 벗겨지며 얼굴이 드러났다. 전등이 깜박일 때마다 어린 소녀의 얼굴이 보였다가 사라졌다. 길게 늘어진 머리카락에 반쯤 가려진 얼굴은 그늘이 가득했다. 모니터 속에서 평범한 소녀의 얼굴을 확인하고 역장은 긴 한숨과 함께 가슴을 손으로 쓸어내렸다.

소녀는 손을 들어 핸드폰을 확인했다. 화면에 '부재중 전화 엄마 39'라는 메시지가 떠 있었다.

드르륵.

또다시 문자가 날아왔다.

– 지민아, 제발 전화 좀 받아.

검은 덩어리의 정체는 정지민이었다. 검은 바지에 검은 후드를 뒤집어쓰고 몇 시간째 의자에 쪼그려 앉아 있었다. 소매는 축축히 젖어 있었고, 팅팅 부은 눈은 실핏줄까지 터져 새빨갰다. 지민이는 핸드폰을 보더니 잔뜩 눈썹을 찌그러뜨렸다. 그러고는 핸드폰을 꽉 쥔 손을 높이 들어 올렸다. 바닥을 향해 내려치려던 손이 잠시 허공에서 머뭇거렸다. 이내 뭔가 생각이 난 듯 핸드폰을 두 손에 쥐고 익숙한 손놀림으로 녹색의 검색창을 열었다.

'편하게 죽는 법'

검색어를 입력하자 화면에 '당신은 소중한 사람입니다'라는 굵은 문구가 제일 먼저 떴다. 포기하지 말란 말과 도와준다는 수많은 정보와 지식이 긴 스크롤을 만들며 펼쳐졌다. 지민이는 많은 사람이 자신과 같은 생각을 하고 있다는 것에 놀랐다. 위안이 되기도 하고, 왠지 더 슬퍼지는 것도 같았다. 지민이는 가느다란 손가락으로 화면을 움직였지만, 눈물이 글썽한 눈에 글씨들이 마구 뒤엉켜서 알아볼 수 없었다. 지민이가 손등으로 눈물을 훔쳐 내는 순간, 갑자기 검은 그림자가 지민이 앞으로 다가왔다.

"여기 귀신 나온다. 너 잘못하면 귀신에 씌어."

지민이는 소리가 들리는 곳으로 슬쩍 고개를 들었다. 검은 옷을 입은 여자가 서 있었다. 편한 바지에 단체복 같은 검은 재킷을 입고 있었다. 머리는 단정하게 말아 올리고 옅은 화장을 한 모습이었는데, 눈 밑으로 화장이 조금 번져 있었다. 여자는 지민이 옆 의자에 앉았다. 여자의 왼쪽 가슴에서 회사 마크가 찍힌 사원증이 달랑거렸다. '한해정' 여자의 이름이었다. 사원증도 떼지 않고 정신없이 급하게 어딜 가는 모양이었다.

"사원증? 이거 자랑하고 싶어서 달고 다녀."

지민이의 시선을 느꼈는지 한해정이 말했다. 사원증의 먼지를 닦아 내는 얼굴에 웃음이 가득했다.

"내가 얼마나 어렵게 얻은 건데. 이거 받은 날, 우리 엄마는 세상에서 제일 행복한 표정이었어."

한해정은 묻지도 않은 얘기를 주절댔다.

"6개월 동안 열심히 일해서 저금도 하고, 용돈 아껴서 우리 엄마 줄 선물도 샀어. 아직 전해 주진 못했지만."

그래서 어쩌라는 건지. 지금 지민이는 누구하고도 얘기하고 싶지 않았다. 더군다나 사원증도 떼지 않고 지하철을 타러 온 사람하고는. 지민이는 잔뜩 눈을 흘겼다. 한해정의 표정엔 아무런 변화가 없었다.

"전화 한 번만 빌려 쓰자. 우리 엄마, 너무 오래 기다리게 해서…… 지금도 아마 날 기다리고 있을 거야. 빨리 가야 하는데."

한해정은 지민이 핸드폰을 힐끔거리며 발을 동동거렸다. 지민이도 엄마 생각이 났다. 가슴 깊은 곳이 찌르듯 아파 왔다. 엄마 생각만으로 마음이 약해지는 자신에게 화가 났다. 지민이는 후드 티에 달린 모자를 더 깊이 눌러쓰고, 핸드폰을 주머니에 찔러 넣었다. 다시 무릎에 얼굴을 묻어 검은 덩어리가 되었다.

띠리리리.

열차가 역에 가까이 다가오고 있었다.

"너, 죽는다거나 뭐 그런 생각 하는 거지?"

한해정이 말했다. 지민이는 자기 핸드폰 화면을 훔쳐본 게 틀림없다고 생각했다. 무슨 상관이야. 지민이는 모자 틈으로 한해정을 노려봤다. 눈이 마주쳤다. 한해정은 환하게 미소 지었다. 세상 걱정 없는 해맑은 눈이었다. 지민이는 눈길을 바닥으로 돌려 버렸다. 자신이 앉아 있던 자리 앞의 고인물 위로 검은 먼지가 수북이 떠다니는 게 보였다. 자세히 보니 까맣게 탄 재였다. 어디선가 재가 흩뿌려지고 있었다. 지민이는 살짝 옆으로 고개를 돌렸다. 한해정이 다리를 동동거릴 때마다 바지에서 재들이 계속 떨어졌다. 까만색 바지는 건드리면 재로 흩어져 버릴 것 같았다. 자세히 보니 바지는 원래 까만색이 아니었다.

"아, 이거. 사람들이 내 피를 말리고, 마음을 까맣게 태웠어. 그래서 그래."

담담한 말투였다. 한해정은 손으로 까만 바지의 밑단을 툭툭 털었다. 바지가 회색빛 재로 부서져 바닥으로 쏟아지고, 그 안에 까맣게 탄 다리가 드러났다. 아직도 붉은 불씨가 남아서 다리를 불태우고 있었다.

"그럼 내가 도와줄게."

한해정이 부드러운 목소리로 손을 내밀었다. 지민이 눈앞에 내민 손은 이내 빨갛게 변해서 하얀 김이 피어올랐다. 지민이는 뒤로 물러나려고 했지만, 몸이 말을 듣지 않았다. 갑자기 한해정이 지민이 얼굴 앞으로 바짝 다가왔다. 코와 코가 닿을 듯 가까운 거리여서 열기가 그대로 전해졌다. 코가 서로 겹쳐지는 듯하더니 한 순간 지민이 몸속으로 뜨거운 덩어리가 덜커덩 밀려들어 왔다. 빨간 숯덩이가 목구멍을 타고 내려와 온몸을 부글부글 끓어오르게 만들었다. 지민이가 갑자기 벌떡 일어섰다.

푸시시.

압축된 공기가 한꺼번에 빠져나가는 소리와 함께 1-2구역 안전문이 열렸다. 전철이 도착하기도 전에 먹이를 노리는 맹수의 입처럼 활짝 열렸다. 문 밖으로 어두운 선로가 보였다. 철커덩거리는 소리가 점점 크게 들리고, 선로로 밝은 빛이 쏟아져 들어왔다.

"어어!"

지민이 몸이 저절로 움직였다. 몸은 얼음판을 미끄러지듯 선로 쪽으로 향했다. 지민이는 점점 안전문으로 빨려 들어

갔다. 빠앙, 전철은 빠른 속도로 다가왔다.

'싫어, 이…… 이렇게 죽고 싶진 않아.'

벗어나려 발버둥 쳤지만, 지민이 몸은 안전문 밖 선로로 던져졌고, 전철이 눈앞으로 쏟아졌다.

쿵!

머리에 전해진 충격에 정신을 차려 보니 지민이는 역사 바닥에 쓰러져 있었다. 고개를 들고 주위를 살펴봤다. 사람들이 모두 놀란 눈으로 지민이를 쳐다보았다.

'분명 전철로 뛰어들었는데…….'

지민이는 자기 몸 구석구석을 만졌다. 다행히 아직 멀쩡히 살아 있었다. 그사이 전철이 들어서고 문이 열렸다. 지민이는 사람들 눈을 피해 얼른 전철 안으로 뛰어들었다.

마침 빈자리가 있었다. 지민이는 중간 자리에 털썩 주저앉았다. 문이 닫히고 전철은 천천히 역사를 빠져나갔다. 손이 덜덜 떨리고 가슴이 두근거려 진정이 되지 않았다. 너무 무섭고, 두렵고, 모든 게 후회가 되었다.

지민이는 갑자기 엄마 생각에 눈이 시려 왔다. 오랫동안 애를 태우며 기다리고 있을 엄마가 보고 싶었다. 두 손을 꽉 움켜잡았다. 엄마를 다시 볼 수 있다는 생각에 '감사합니다' 소리가 저절로 입에서 새어 나왔다. 얼른 엄마 품에 안기고 싶었다. 주르륵 눈물이 뺨을 타고 흘러내렸다. 길게 숨을 들이마시며 멈춰 보려 했지만 눈물은 멈출 줄 몰랐다. 지민이는 이제 죽어도 다시는 죽지 않을 거라 생각했다.

손등으로 마른 눈물을 훑어 내고 고개를 들었다. 반대편 창가에 비친 얼굴을 봤다. 여러 겹으로 겹친 흐릿하고 낯선 얼굴이 지민이를 쳐다보고 있었다.

전철은 아주 긴 터널을 빠져나가 한강 다리를 지났다. 철커덩 철컹, 철교를 지나는 요란한 소리가 다정하게 들렸고 별빛 하나 보이지 않는 까만 하늘도 아름다웠다. 네모 길쭉한 빌딩도, 매일 같은 모습의 한강도, 늦은 시간에도 길게 늘어선 도로의 차들도 모두 소중하게 느껴졌다. 죽지 않아 다행이란 생각에 다시 한번 가슴을 쓸어내렸다. 손은 여전히 떨리고 있었다. 전철에 뛰어들 생각을 하다니. 정말 바보 같은 짓이었다. 몇 정거장만 더 가면 엄마가 기다린다. 나오지 말라는데도 요즘 엄마는 매일 전철역에 나와 있었다.

"흡흡흡."

갑자기 들려온 소리에 고개를 돌렸다. 맨 구석 자리에 앉은 남자 어른이 눈에 들어왔다. 아저씨는 아이처럼 손등으로 눈물을 닦으며 울고 있었다.

'왜 저러는 거지?'

고개를 갸웃거리며 전철 안의 다른 사람들에게 눈길을 돌렸다. 바로 옆자리에는 회색 고양이를 안은 아줌마가 앉아 있었다. 아줌마가 손가락으로 고양이 머리를 쓸어 줄 때마다 고양이가 가르릉거렸다. 한복을 곱게 차려입은 할머니와 어깨에 멘 가방끈을 두 손으로 얌전하게 잡은 고등학생도 보였다. 맞은편에는 숨을 헐떡이며 연신 손수건으로 흐르는 땀을 닦아 내는 중년의 신사도 있었다. 신사 옆에는 검은 강아지가 의자에 떡하니 앉아 있었다. 검은 강아지는 또렷한 눈빛으로 지민이를 쳐다보았다. 얼굴이 다 새까매서 잘 보이지 않았지만, 반짝이는 둥근 구슬처럼 유난히 커다란 눈을 가진 개였다. 귀엽거나 아름답다기보다는 왠지 슬픈 쪽에 가까운 눈빛이었다.

"내리실 문은 오른쪽입니다."

어느새, 전철은 다음 역으로 들어섰다. 숨을 가쁘게 헐떡이던 신사는 편안한 표정이 되어 일어섰다. 그리고 문이 열리자 미소까지 지으며 열차에서 내렸다. 몇몇 사람이 전철에 올라타고 열차는 다시 출발했다.

"저 양반은 진짜 운이 좋네. 의식이 되돌아와서 돌아가는 걸 거야."

옆자리 아줌마가 고양이 얼굴을 보며 얘기했다. 고양이는 대답이라도 하는 듯 야옹거리며 아줌마의 어깨를 다독였다. 지민이는 입술을 동그랗게 모으고 살짝 곁눈질하다가 아줌마와 눈이 마주쳤다.

"저 개, 학생 개야?"

아줌마가 맞은편의 검은 강아지를 턱으로 가리키며 물었다. 아주 어릴 적에 개를 키웠던 적이 있었지만, 지금은 얼굴조차 기억이 나지 않았다. 지민이는 고개를 저었다. 신사가 강아지를 두고 내린 것 같았다. 검은 강아지는 아직 맞은편 그 자리에 앉아 있었다.

검은 강아지는 계속 지민이만 보고 있었다. 꼬리는 흔들고 있는데 눈에서는 금방이라도 눈물이 떨어질 것 같았다. 지민이는 괜히 기분이 나빠서 고개를 돌렸다.

"이번 역은 환승역입니다. 이승에서 저승으로 갈아타실 분은⋯⋯."

지민이는 매일 듣는 안내 방송에 별로 신경을 쓰지 않고 있었다. 조금 전 일어났던 일에 멍해져서 아무 생각도 할 수 없었다. 그사이 전철은 천천히 환승역으로 들어서고 있었다.

"너는 안 내려? 여기서 다 내려야 해."

아줌마가 고양이를 바닥에 내려놓으며 말했다.

"우리 집은 다음 역이에요."

지민이가 주위를 둘러보며 대답했다. 종착역에 도착한 것처럼 사람들의 움직임이 분주해졌다.

"여기서 내려야 저승으로 갈 수 있어. 여기가 이승에서 저승으로 가는 환승역이야."

회색 고양이가 앞다리를 길게 뻗고 기지개를 켜더니, 부드러운 동작으로 문 앞으로 걸어갔다. 멍하니 고양이를 보고 있던 지민이가 고개를 번쩍 들었다.

"네? 아줌마, 지금 뭐라 하셨어요? 저승요?"

지민이는 잘못 들은 것 같아 다시 물었다.

"여기가 저승으로 가는 환승역이라고."

지박령 열차

아줌마는 아직도 무슨 말인지 잘 모르겠다는 지민이 표정을 보고 말을 더 보탰다.

"예전에 나도 한번, 심장 마비로 혼수상태에 빠졌을 때, 그때 운이 좋게 살아나서 환승역에서 다시 이승으로 돌아갔던 적이 있거든. 음…… 이건 말로 설명이 가능한 상황이 아니다. 어쨌든 너도 여기서 내리는 게 좋을 거야."

아줌마의 묘한 표정처럼 알 수 없는 말이었다.

전철은 환승역에 멈춰 서더니 문이 열렸다. 고양이가 아줌마를 부르듯 손짓을 했다. 아줌마는 고개를 끄덕이며 일어나 고양이를 쫓아 문 쪽으로 움직였다. 앉아 있던 사람들도 모두 내리기 시작했다. 지민이는 무슨 일이 벌어지고 있는지 알 수 없어 어떡해야 할지 몰랐지만 일단 사람들을 따라 자리에서 일어났다. 텅 빈 객차를 보니 마음이 급해졌다. 하지만 다음 역에서 엄마가 기다릴 텐데 내릴 수는 없었다. 이럴까 저럴까 망설이는 사이 전철 문이 닫혀 버렸다.

전철은 서서히 출발했다. 혹시나 다음 역에 서지 않으면 어쩌나 하는 걱정이 들었다. 지민이는 걱정에 휩싸여 자리에 앉지도 못하고 문 앞을 서성였다.

한참을 내달리던 열차가 속도를 줄이며 역사 안으로 들어섰다. 열차는 다행히 이번 역에도 서는 것 같았다. 지민이는 창문에 이마를 붙이고 밖을 쳐다보았다. 열차가 천천히 멈춰 설 때쯤 역사 안에 서 있는 엄마가 보였다. 매일 전철역 밖에서 기다리던 엄마가 오늘은 웬일로 역사 안까지 들어와 있었다. 마침 열차는 엄마 앞에 멈춰 섰다. 지민이는 문이 열리기 전부터 창문을 두드려 대며 반갑게 손짓을 했다. 엄마는 바로 앞에 있는 지민이를 못 보는 것 같았다. 마음이 급해진 지민이는 발을 구르며 문이 열리길 기다렸다. 오늘따라 문은 한참을 머뭇거렸다. 드르륵, 드디어 문이 열렸다.

"엄마!"

지민이는 곧바로 엄마 품으로 뛰어들었다. 눈물이 쏟아졌다. 기다리게 해서 미안해. 엄마, 정말 미안……

철컹철컹.

전철은 다시 터널 안을 달리고 있었다.

"어!"

분명 조금 전에 문이 열리고 엄마 품속으로 뛰어들었는데…… 지민이는 달리는 전철에 다시 타고 있는 지금 상황이 이해되지 않았다. 무슨 일이지? 지민이는 창문 밖을 살펴보았다. 전철은 하염없이 어두운 터널 속을 달리고 있었다. 엄마 품에 안겨 있어야 할 지민이는 객차 안에 서 있었다.

"너는 이 전철에서 내릴 수 없어."

누군가 말을 걸어왔다. 지민이는 고개를 돌려 주위를 둘러보았지만, 객차 안에는 아무도 없었다.

"너는 여길 떠날 수 없다고."

지박령 열차

고개를 숙여 보니, 아까 그 검은 강아지가 발밑에 다가와 앉아 있었다. 지민이는 강아지와 눈을 맞추었다. 뭐가 뭔지 혼란한 상황이었다. 지금은 강아지가 말을 걸어도 이상할 건 없었다.

"너는 이제 이 순환선을 타고 계속 돌아야 하는 운명이야. 아무 데도 가지 못해."

"그게 무슨 말이야? 내가 내리고 싶으면 내리는 거지."

전철이 다음 역에 멈춰 서더니 다시 문이 열렸다. 지민이는 엄마에게 돌아가기 위해 전철에서 뛰어내렸다. 발바닥이 바닥에 닿는 순간.

철컹철컹.

전철은 다시 터널 안을 달리고, 지민이는 객차 안에 돌아와 있었다. 지민이는 지금 벌어지는 일을 믿을 수가 없었다. 멈춰 서는 역마다 전철 밖으로 뛰어내렸지만, 그때마다 벗어나지 못하고 다시 객차 안으로 돌아왔다. 몇 번을 반복해도 마찬가지였다. 지민이는 다리에 힘이 빠져 그대로 바닥에 주저앉았다.

"너는 기억 못 하겠지만, 우린 어릴 적에 함께 지냈어. 그 인연으로 이렇게 너를 마중 나왔는데, 네가 지박령이 되어 버린 탓에 널 데려갈 수 없게 되었어."

검은 강아지가 말했다.

"지박령?"

"땅에 얽매여 있는 영혼이야. 저승으로 떠나지 못하고 죽은 곳에 머무는 영혼."

"도대체 그게 무슨 말인데?"

지민이가 다시 물었다.

"넌 죽었다고."

지민이는 죽었다. 전철에 뛰어든 게 성공한 것이다. 전철을 타고 매일 순환선을 돌아야 하는 지박령이 되고 말았다. 그리고 무엇보다 지민이를 아프게 하는 게 있었다. 그건 지박령 열차를 타고 돌 때마다 엄마를 계속 만나야 한다는 것이었다. 날마다 일정한 시간이 되면 같은 역, 같은 자리에 엄마가 서 있었다. 엄마는 딸의 죽음을 믿으려 하지 않았다. 날마다 딸이 돌아오는 시간에 맞춰 전철 문 앞에 서서 기다렸다. 엄마는 매일 막차를 떠나보내고도 딸을 찾아 역사 안을 헤매다가 역무원에게 끌려 나가야 했다.

순환선이 한 바퀴를 도는 데는 1시간 반 정도 걸렸다. 지민이는 막차가 지날 때까지 같은 자리에 서 있는 엄마를 반복해서 만났다. 하루가 다르게 부쩍 말라가는 엄마 모습에 가슴이 메어 왔다. 지민이는 문이 열릴 때마다 엄마 품으로 뛰어들었다. 하지만 엄마의 머리카락 한 올 만져 보지 못하고, 허공을 허우적대다가 다시 전철로 돌아왔다.

"엄마, 나 여기 있어."

지민이는 전철 문을 사이에 두고 엄마의 시선을 따라 얼굴을 움직였다. 바로 앞에 딸이 있다고 소리쳐도 엄마는 지민이 몸을 뚫고 다른 곳을 쳐다보았다.

혹시 열차에서 내리지 않으면 엄마를 만질 수 있지 않을까? 열린 문 앞에서 마주 선 엄마의 얼굴을 향해 손을 뻗어 보지만, 아슬아슬 닿지 않았다. 조금만 더! 욕심을 부리다 중심을 잃어 번번이 발끝이 전철 밖 바닥을 짚고 말았다. 그때마다 엄마는 사라지고 지민이는 다시 전철로 돌아왔다. 벗어날 수 없는 지박령 열차를 타고 돌면 돌수록 엄마에 대한 그리움은 커졌다.

'다음 역이야. 봐 봐.'

매일 옆에 앉아 지켜보고만 있던 검은 강아지가 말했다.

"뭘 보란 소리야?"

지민이는 전철 문에 등을 기대고 바닥에 주저앉아 있었다. 전철이 역사 안으로 들어섰다. 검은 강아지가 다시 재촉했지만, 지민이는 고개를 숙인 채 꼼짝도 하지 않았다. 전철이 멈춰 서고 문이 열렸다.

'밖을 보란 말이야. 한곳만 보지 말고, 다른 곳도 둘러보라고.'

검은 강아지가 소리쳤다. 지민이는 천천히 고개를 돌려 역사 안을 살펴보았다.

"저게 다 뭐야?"

역사 바닥에는 꽃다발이 수북이 쌓여 있었다.

"내리자."

검은 강아지가 먼저 전철역 밖으로 뛰어내렸다.

"나도 이 전철에서 내릴 수 있다고?"

지민이가 깜짝 놀라 물었다. 검은 강아지는 꽃다발 사이에 서서 고개를 끄덕였다. 지민이는 조심스럽게 문밖으로 발을 내밀었다. 한쪽 신발 앞코로 바닥을 찍어 본 다음, 다른 발을 옮겨 1-2구역 표지판 위에 올라섰다. 지민이는 밖으로 나와 전철 역사 안에 섰다. 드디어 전철 속에서 벗어난 것이다. 곧 문이 닫히고 열차는 떠났다.

"여기가 어디지?"

지민이는 꽃다발 사이에 서서 주위를 둘러보았다.

"모르겠어? 원래 지박령은 죽은 곳에서만 머물러야 해. 여기는 바로 네가 죽은 곳이고. 근데 너는 순환 열차로 뛰어들어서 영혼이 순환선과도 서로 얽혀 버린 것 같아."

"그럼 이 꽃다발은……."

"이건 다 너를 위한 거야. 널 까맣게 태워 버린 사람보다 널 소중히 생각하는 사람들이 이렇게나 많다고."

지민이는 뒤로 주춤주춤 물러나 노란 의자에 털썩 주저앉았다.

"으엉엉 엉엉."

주체하지 못할 정도로 눈물이 쏟아졌다. 눈물과 함께 지민이 마음속에 있던 뜨거운 기운이 빠져나가는 느낌이 들었다.

털썩!

지민이 정신을 잃고 힘없이 앞으로 고꾸라졌다.

지박령 열차

전등은 깜박이기를 반복했다. 환풍구에서는 미지근한 바람이 쏟아져 나오고, 바닥은 젖은 발자국들로 어지러웠다. 지민이는 무릎에 얼굴을 묻고 있다가 모자를 벗고 고개를 들었다. 얼굴을 흔들어 정신을 차리고 주위를 둘러보았다. 옆자리에 낯익은 얼굴이 보였다. 한해정? 지민이는 조금 전의 무섭고 아픈 기억들이 되살아났다. 얼른 옆으로 피하려다가 의자에서 떨어질 뻔했다.

"귀신에 씌어 보니 어땠어?"

한해정이 말을 걸어왔다.

"그렇게 무서워 마. 널 해칠 생각은 없으니까. 죽은 건 네가 아니라 나야. 내가 지박령이지. 조금 전의 경험은 모두 한해정, 내가 겪었던 일이야. 나는 지금도 매일 지박령 열차를 타고 같은 자리를 돌고 있어. 만날수록 자꾸 더 그리워지는 엄마를 매일 만나고, 세월이 제법 흘렀는데도 나를 기억하고 찾아오는 친구도 만나. 하지만 그리운 사람들을 만나도 말을 할 수도 안아 줄 수도 없어. 이 기분, 이젠 너도 알겠지?"

한해정의 눈에서 검은 눈물이 흘러내렸다. 지민이는 모든 게 또렷이 기억났다. 꼭 자기 일처럼 느껴졌던 생생한 기억들이었다. 그 기억 때문인지, 살아 있다는 안도감 때문인지……. 두 손으로 가슴을 꼭 눌러도 요동치는 마음이 진정되지 않았다. 가슴 깊은 곳이 칼로 베인 듯 쓰렸다.

"오늘 나는 우리 엄마랑 똑같은 사람을 봤어. 몇 시간째 전철역에서 기도하며 울고 서 있는 사람. 자꾸 우리 엄마 생각나게 만드는 사람을 봤단 말이야. 그 사람 꼭 너를 닮았더라."

한해정이 지민이 얼굴을 뚫어져라 바라봤다. 지민이는 엄마를 떠올렸다. 전철역에서 애타게 자기를 기다리고 있는 엄마.

"우리가 이렇게 만난 건 그 사람 때문인 것 같아. 너희 엄마 덕분이라고."

한해정이 또 가까이 얼굴을 들이밀었다. 코가 맞닿을 듯 가까운 거리였다. 지민이는 조금 전의 경험을 떠올리며 두려움에 몸을 바짝 움츠렸다.

"네가 나 좀 도와줄래?"

한해정은 정중한 목소리로 말한 뒤, 의자 밑 깊은 안쪽을 가리켰다. 지민이는 노란 의자 앞에 무릎을 꿇고 엎드렸다. 의자 밑 안쪽 깊숙한 곳을 살폈다. 벽과 바닥이 만나는 틈에 뭔가 반짝이는 것이 있었다. 납작 엎드려 팔을 뻗고서야 지민이는 손끝으로 그것을 잡을 수 있었다.

지민이는 전철에 올라탔다. 오른손을 땀이 날 정도로 꽉 쥐었다. 전철은 터널을 지나고 한강을 건너서 천천히 속도를 줄이며 역사에 멈춰 섰다.

전철 맨 앞 칸, 지민이는 창문 밖으로 낯설지만 낯설지 않은 아줌마를 찾을 수 있었다. 아줌마의 얼굴에서 한해정의 모습이 그대로 겹쳐져 보였다. 누가 봐도 한해정의 엄마였다. 아줌마는 열차에 타지 않고 내리는 사람들을 바쁘게 둘러보며 누군가를 찾고 있었다. 지민이는 천천히 아줌마에게 다가갔다.

"해정이 언니가 이거 전해 주래요."

지민이가 주먹 쥔 오른손을 아줌마 앞으로 내밀었다.

"이…… 이건."

손바닥 위에 올려진 반지를 살펴보던 아줌마의 몸이 점점 바닥으로 무너졌다. 그건 아줌마의 결혼반지였다. 딸 한해정의 등록금을 위해 팔아야 했던 결혼반지. 한해정은 엄마에게 결혼반지를 꼭 다시 되찾아 주겠다고 말했다. 취직을 한 한해정은 열심히 돈을 모았다. 사고가 있던 날, 한해정은 점심시간에 엄마의 결혼반지를 찾으러 갔다. 점심시간을 조금 넘기고 사무실에 들어온 막내를 선배와 동료들은 가만두지 않았다. 피 말리던 그날의 태움은 한해정의 정신까지 까맣게 태워 버렸다.

"해정아."

아줌마는 반지를 가슴에 끌어안고 울음을 터트렸다. 지민이는 바닥에 주저앉은 아줌마를 꼭 안아 주었다.

"이젠 더 이상 기다리지 않으셔도 된대요. 그래야 해정이 언니도 편하게 떠날 수 있대요."

지민이는 흐느끼는 아줌마를 안고 한참 동안 그대로 있었다.

띠리리리.

마지막 전철이 들어왔다. 지민이는 엄마에게 가기 위해 다시 전철에 올라탔다. 아줌마는 지민이가 탄 전철이 터널 속으로 사라질 때까지 손을 흔들어 주었다.

열차는 빠르게 달려 지민이 엄마 앞에 멈춰 섰다. 엄마는 두 손을 꼭 잡고 기도하는 자세로 역사 안에 서 있었다. 전철 문이 열리자마자 지민이는 엄마 품속으로 파고들었다. 엄마는 지민이보다 더 부들부들 떨고 있었다.

다음 날, 지민이는 전철을 탔다. 전철이 한해정과 만났던 역으로 들어설 때, 지민이는 창가에 서서 역사를 바라봤다. 아직도 어제의 기억이 또렷이 남아 있었다. 깜박거리던 전등은 이제 정상으로 돌아와 있었다. 밝은 빛이 오래된 어둠의 기운을 조금씩 지워 냈다. 지민이 마음속에 검은 강아지를 따라 먼 길을 떠나는 한해정의 모습이 그려졌다.

선녀 콤플렉스

●

역기와 하나가 되어 땅을 짓누를 때
발바닥에 전해지는 무게감이 좋았다.
그 순간만큼은 땅에 발을 붙이고 살아 있다는 느낌이 들었다.

1.

매달리고 버티려면 더 먹고 찌워야 한다. 나는 급식 줄 맨 끝에 다시 섰다. 두 번째다. 배는 부르지만, 더 집어넣을 수 있다. 최선을 다해 먹어도 이상하게 몸무게는 늘 그대로였다. 중학교에 올라와서도, 몸무게는 42킬로그램을 넘지 못했다. 숫자 42를 검색해 봤다. 캥거루의 높이뛰기 기록이 42피트였다. 자그마치 13미터다. 나를 놀라게 한 건 뛰어오른 높이가 아니었다. 42피트 맨 꼭대기에서 아득한 아래로 곤두박질치는 상상이 먼저였다. 그 캥거루는 살아 있을까?

콕! 콕!

엉뚱한 상상에 빠진 사이 뒤에서 등을 찔러 재촉했다. 내 뒤로 고학년들이 긴 줄을 섰다. 서둘러 식판을 들었다. 동시에 누군가 같은 식판을 잡았다.

"이거 놔!"

덩치 큰 선배가 나를 위아래로 훑어보았다. 목을 뺀 구부정한 허리와 건들건들 흔들어 대는 한쪽 다리에서 방자한 기운이 차고 넘쳤다. 선배의 꺼지라는 손짓에도 난 물러서지 않았다. 내가 먼저 잡은 식판인데 그럴 순 없다. 난 식판을 잡은 손에 더 힘을 주었다.

"어!"

예상 못한 저항에 상대가 당황했다.

훅! 이번엔 갑자기 몸이 앞으로 쏠렸다. 선배가 힘을 썼다. 두 배는 큰 덩치의 물리적 힘을 당해 내지 못하고 쓰러졌다. 그래도 식판은 놓지 않았다. 버티기다! 나는 식판을 가슴에 끌어안은 채 바닥에 질질 끌려갔다.

저벅.

그때 눈앞에 파란 체육복 바지가 훅 들어왔다. 체육복은 선배를 떼어 내고, 날 번쩍 들어 일으켜 주었다. 나는 어렵게 지켜 낸 식판을 끌어안고 체육복의 넓은 등판 뒤로 숨었다. 누구지? 처음엔 덩치 큰 선생님인 줄 알았는데, 체육복 등에 '역도부 양강주'라고 적혀 있었다.

선배는 양강주 앞에서 주춤거렸다. 하지만 이대로 물러서면 망신이라는 듯 강주를 밀어붙였다. 선배는 이내 제자리에서 버둥거리며 얼굴이 새빨개졌다. 강주는 철근을 박은 시멘트 기둥이 뿌리를 내린 것처럼 딱 버텼다. 역도 선수라서 그런 걸까? 난 강주에게서 눈을 떼지 못했다.

"너희들 뭐 하는 거야?"

소란스러운 소리에 선생님이 뛰어왔고, 선배는 두고 보자는 뻔한 말을 남기며 도망쳤다. 강주는 가볍게 나를 한 번 흘겨보고는 머리를 긁적이며 다시 급식 줄로 돌아갔다. 역도부 양강주와의 첫 만남이었다.

두 번째 식판을 비우면서 내 눈은 계속 강주를 따라다녔다. 밥을 다 먹고 식당을 나서는 강주를 쫓아갔다. 복도에서 팔을 벌려 강주 앞을 막아섰다.

"나도 역도하고 싶어."

흠칫 멈춰 선 강주가 나를 위아래로 훑어보았다. 날카로운 시선에 작고 비쩍 마른 내 몸이 한없이 쪼그라드는 것 같았다. 허리를 세우고 어깨를 폈다. 슬그머니 뒤꿈치도 들었다. 강주는 이내 절레절레 고개를 젓더니 옆으로 비켜 지나갔다. 강주의 팔을 붙잡았다.

"난 해라야. 강해라. 제발 부탁이야. 나 좀 도와줘."

갑작스런 상황에 놀란 강주가 날 떼어 내려 힘을 썼다. 난 떨어지면 죽을 것처럼 강주의 팔을 잡고 매달렸다. 밀어내던 강주의 손이 한순간 힘을 뺐다.

"너, 힘이……."

강주가 눈을 껌벅이며 나를 쳐다보았다. 나는 나보다 훨씬 키가 큰 강주를 올려보느라 입이 쩍 벌어졌다. 강주가 손가락으로 내 턱을 들어 올려 입을 닫아 주었다. 그리고 고개를 끄덕였다. 웃었나? 아주 잠깐 미소 같은 게 강주의 얼굴을 스쳤다.

"알았어. 코치님께 말씀드려 볼게. 다음 주에 체육관으로 와."

"아니, 난 다음 주가 없어. 지금 갈래."

체육관으로 향하는 강주 뒤를 잰걸음으로 뒤쫓았다.

쿵쾅! 쾅! 웃차차! 허업!

체육관은 기합 소리로 가득했다. 온몸이 땀에 흠뻑 젖은 채 훈련하는 역도부원 사이를 지나 양 코치 앞에 섰다. 커다란 덩치를 생각했는데, 검은 테 안경을 쓴 평범한 아저씨였다.

"역도를 하고 싶다면 누구든 환영이지. 근데 학생은……."

양 코치가 마땅찮은 듯 말을 얼버무리며 마른세수를 잇달아 했다.

"저거 한번 들어 봐."

양 코치가 쇠막대기 양쪽에 쇳덩이가 달린 역기를 가리켰다. 강주가 한 손으로 번쩍 들어 내 발 앞에 내려놓았다. 쿵! 쇳덩이의 무게에 바닥이 짓눌렸다.

"이…… 이걸요?"

체육관을 슬쩍 둘러보았다. 머리 위로 한번에 번쩍, 여기저기서 쇳덩이를 들어 올리는 모습이 눈에 들어왔다. 나도 모르게 뒤로 주춤했다. 역도는 텔레비전 중계에서 스쳐본 게 전부였다. 무턱대고 강주를 따라온 게 후회되었다.

"학생, 무릎까지만 들어 올려 봐."

무릎까지? 그럼 얘기가 달라진다. 강주는 한 손으로도 든 건데, 무릎 정도까지만 드는 것쯤이야 싶었다.

강주가 내 허리에 넓적한 보호 장비를 채워 주며 기본자세를 알려 주었다.

"끄응차!"

기합과 함께 온 힘을 짜냈다. 어? 이상하다. 역기는 꿈쩍
도 하지 않았다. 바닥에 강력 접착제를 붙여 놓은 것처럼 떨
어질 줄 몰랐다. 끙끙대는 내 목소리만 체육관에 가득 찼다.
옆에서 지켜보던 역도부원들 사이로 웃음이 새어 나왔다.
양 코치가 그만 가라며 자리를 떠났다. 나는 숨이 가빠 헐떡
이면서도 잡고 있던 역기를 놓지 않았다.

"시간 아깝다. 그만 내보내자!"

양 코치의 신경질적인 외침에 부원들이 서로 눈치를 살
폈다. 역기 앞을 떠날 줄 모르는 나를 떼어 내려 큰 덩치가
다가왔다. 나는 쇠막대기를 잡은 손에 더 힘을 주었다. 또다
시 버티기에 돌입했다. 하지만 역도부원의 힘은 남달랐다.
오래 버티지 못하고 손가락이 풀려나갔다. 어깨로 역도부원
의 손을 밀어내며 얇은 쇠막대기를 바짝 끌어안았다. 억센
힘이 느껴질수록 잠잠하던 몸속 세포들이 깨어났다. 알 수
없는 기운이 온몸으로 퍼져나갔다. 꽈악! 손에 힘을 줬다.
역도부 서너 명이 달라붙었지만, 나는 역기와 한 몸이 된 듯
떨어지지 않고 버텼다.

"헉!헉!헉!"

역도부원 사이에 거친 숨소리가 났다. "뭐 이런 게 다 있
어?", "힘이 장난 아닌데?" 속삭이는 소리가 들렸다. 이제 쓸
힘이 하나도 남지 않았다. 간신히 역기를 한 손에 걸치고 벌

러덩 바닥에 드러누웠다.

"힘은 모르겠지만, 간절함은 보이네."

고개를 들어 보니 양 코치가 허리에 손을 올리고 재밌다는 표정으로 내려보고 있었다.

"앞으로 한 달 동안 훈련하는 거 지켜보마. 해라라고? 잘해라!"

일단, 살아남았다!

집에 오는 길, 앓는 소리가 저절로 나왔다. 온몸으로 버틴 탓인지 이곳저곳이 다 쑤셨다. 제일 문제는 팔이었다. 걸음을 옮길 때마다 축 늘어트린 양손이 힘없이 좌우로 흔들렸다. 집에 가는 길이 오늘따라 멀게 느껴졌다.

"다녀왔어요……."

집에 들어오자마자 가방은 한쪽에 던져 놓고 거실 바닥에 누웠다.

"얼른 씻어."

창가에 앉아 있던 엄마가 말했다. 꾸물꾸물 기어서 엄마에게 갔다. 이미 엄마의 무릎은 동생 벼리의 차지였다. 나는 반대편 벽에 붙어 지친 몸을 달래었다.

"엄마!"

바느질 도구를 챙기던 엄마가 고개를 돌렸다.

"아, 아니야."

역도 이야기를 하려다 그만두었다.

2.

　거실 창가는 엄마의 자리다. 벽면에 놓인 스탠드 밑에 붉은색 나무 소반이 있고, 소반 위 둥근 바늘집에는 바늘이 고슴도치처럼 꽂혀 있다. 엄마는 늘 하늘이 보이는 창가 자리에 앉아 손바느질을 했다.

　"실을 길게 꿰면 멀리 시집을 간대. 엄마가 그래서 이렇게 멀리 왔나?"

　툭, 바늘을 내려놓고 엄마가 창밖 하늘을 올려보았다.

　"먼 곳이 어딘데? 거기로 돌아갈 거야?"

　내 질문에 엄마가 고개를 돌려 바라볼 뿐 아무런 대답도 하지 않았다.

　"어디 간다고? 엄마 나도 데려가. 알아찌?"

　엄마의 무릎을 베고 잠들어 있던 동생 벼리가 졸린 눈을 비비며 일어나 앉았다.

　"날 두고 가긴 어딜 가?"

　언제 들어왔는지 아빠가 현관에서 신발을 벗고 들어왔다. 아빠는 거실로 달려와 엄마의 빈 무릎을 베고 벌러덩 누웠다. 목공 일을 하는 아빠에게선 늘 매콤한 생나무 냄새가 났다. 아빠가 나를 보며 눈을 찡긋거렸다.

　"내가 이렇게 꽉 붙들면 아무 데도 못 가지."

　아빠는 엄마의 허리를 두 팔로 꼭 안았다.

　"엄마는 내 꼬야!"

　벼리도 지지 않고 엄마에게 매달렸다.

"왜 이래? 위험하다고."

엄마가 바늘을 높이 치켜들며 소리쳤다. 아빠는 얌전히 모로 누워 이번엔 벼리를 끌어안았다. 벼리는 빠져나가려고 발버둥 쳤다. 오랜만에 네 식구가 함께 거실에 모였다.

"아빠가 엄마랑 어디서 처음 만났는 줄 알아?"

뭔가 재미난 일이 있었나 보다. 호기심이 생긴 벼리가 내 옆에 붙어 앉았다. 우리는 아빠의 입만 바라봤다.

"24시간 목욕탕!"

아빠가 으하하 호탕하게 웃음을 터트렸다.

"목욕탕에서 엄마가 옷을 잃어버리는 바람에……."

"찜질방이지 무슨 목욕탕?"

엄마가 괜한 소리 말라는 듯 무릎을 들썩여 아빠 머리를 흔들었다.

"무슨 옷? 잃어버린 옷은 찾았어?"

벼리가 물었다.

"그럼, 엄마의 예쁜 옷을 훔쳐 달아나는 사람을 아빠가 용감하게 쫓아가서 확 잡았지."

아빠가 엄마의 옆구리를 꽉 끌어안았다. 그걸로는 부족한지 아빠는 자꾸 더 엄마 품으로 파고들었다. 엄마가 아빠의 머리를 쓰다듬어 주었다.

'엄마의 예쁜 옷? 그 옷인가?'

생각만 해도 심장이 쿵쾅대는 오래전 기억이 떠올랐다. 나는 얼른 고개를 흔들어 생각을 지웠다.

쿠우우 쿠후!

아빠는 어디든 누워서 머리만 붙이면 바로 잠들었다. 아빠의 고단한 하루는 누렇게 찌든 양말 바닥에 고스란히 담겨 있었다. 벼리는 발냄새에 얼굴을 찡그리면서도 곧잘 아빠 양말을 벗겨 주었다. 양말에 붙어 있던 나무 부스러기들이 떨어져 내렸다.

잠시 멈췄던 엄마의 바느질이 다시 시작되었다. 나와 벼리는 벽에 기대앉아 눈으로 바늘 끝만 좇았다. 바늘이 높이 솟아올라 늘어졌던 실을 직선으로 팽팽하게 만들면 한 땀 한 땀 일정한 간격으로 바늘땀이 늘어 갔다. 바늘땀은 이내 옷감 속으로 스며들어 사라졌다. 마술처럼 옷감을 이어가는 바늘의 움직임은 거침없지만 부드럽고 재빨랐다. 바늘 끝이 허공을 찌를 때마다 점점 블라우스 형태가 만들어졌다.

"실 끝매듭이 풀리면 지옥에 떨어져. 무슨 일이든 마무리가 제일 중요하거든."

"지옥에 떨어진다고?"

내가 물었다.

"그만큼 자기가 벌인 일은 끝까지 잘 매듭지어야 한다는 말이야."

엄마는 나와 벼리를 한동안 바라보았다.

바느질도 마무리에 들어갔다. 바늘과 실을 엮어 당기길 서너 번 반복하자 끝매듭이 생겼다. 매듭도 엄마의 손길을 거치자 원래 옷감과 하나였던 것처럼 티 없이 말끔해졌다.

선녀 콤플렉스

드디어 블라우스가 완성되었다. 엄마는 고단한 허리를 잠시 펴며 또 하늘을 바라봤다.

"입을래! 입을래! 빨리빨리!"

벼리가 재촉했다. 엄마는 벼리에게 새로 만든 블라우스를 입혀 주었다. 예뻤다. 어쩜 그렇게 딱 맞는지 엄마의 솜씨가 신기했다.

"해라야, 네 것도 금방 만들어 줄게."

엄마는 바느질을 쉬지 않았다.

3.

유치원에서 벼리를 데려오는 길이었다. 우린 아파트 울타리를 따라 걷고 있었다. 맞은편에서 걸어오던 사람이 우릴 보더니 갑자기 걸음을 멈췄다. 자글자글한 파마머리에 한복을 입은 아줌마는 내게서 시선을 떼지 못했다. 정확히 내 흰색 블라우스를 보았다. 우린 빠른 걸음으로 아줌마 옆을 지나쳐 갔다.

"자…… 잠깐만!"

아줌마는 쫓아와서 길을 막고 우리 앞에 쪼그려 앉았다. 아줌마가 내 블라우스 소매를 거칠게 낚아채더니 깜짝 놀랐다. 아줌마의 눈과 입이 동시에 동그래졌다.

"누…… 누구세요?"

잡힌 손을 빼려는데 아줌마가 놓아주지 않았다.

"이게 누구 솜씨지?"

아줌마는 내 블라우스의 바늘땀을 손가락 끝으로 꼼꼼히 만져 보더니 아예 코를 박고 옷을 살폈다. 눈썹 아래 점에 난 털까지 보일 정도로 내게 바짝 머리를 디밀었다. 도망치고 싶었지만, 동생을 두고 달아날 순 없었다.

"이 옷 누가 만든 거냐고?"

아줌마는 버럭 화까지 내더니 스스로도 놀랐는지 입을 막았다.

"왜 화를 내세요?"

내가 동생 앞을 막아서며 따졌다.

"미안, 미안. 아줌마가 너무 반가워서 그랬어."

아줌마는 가방 속에서 명함을 꺼냈다. 한, 복, 희. 금박을 두른 어려운 한자 하나하나를 짚어 가며 명함에 적힌 이름을 읽어 주었다. 그러고는 자기는 한복을 만드는 사람이지 나쁜 사람이 아니라고 말했다. 명함을 내팽개치고 벼리 손을 잡아당겼다. 우린 도망치듯 서둘러 집으로 향했다.

"여긴 집으로 가는 길 아니야!"

칭얼대는 벼리를 끌고 낯선 길로 빙빙 돌아가야 했다. 일정한 거리를 두고 아줌마가 계속 우리를 따라왔다.

복잡한 골목을 돌고 돌아서 겨우 아줌마를 따돌렸다. 숨막히는 추격전은 결국 우리의 승리였다. 벼리와 무사히 집에 돌아왔다. 발이 아프고 배도 고팠지만, 뭔가 해낸 듯 뿌듯한 마음이었다. 하지만 그 생각은 오래가지 않았다. 딩동 딩동! 현관문 앞에 그 수상한 아줌마가 서 있었다.

선녀 콤플렉스

"반가워!"

아줌마는 벼리에게 손을 흔들며 웃었다.

복희 아줌마와의 인연은 그렇게 시작됐다. 그 후로 아줌마는 우리 집에 바느질 일감을 가져다 주었고, 엄마는 한복 짓는 일을 시작했다.

아빠는 나무로 가구를 만들었다. 작은 목공방을 차린 아빠는 쉬는 날 없이 열심히 일했지만, 항상 빚에 쪼들렸다. 복희 아줌마를 빼면 집에 찾아오는 사람들은 모두 매번 화를 내며 큰소리를 쳤다.

아빠는 좋은 나무를 구하기 위해 며칠씩 집을 비웠다. 아빠가 바쁘게 뛸수록 형편이 나아지기는커녕, 집에 찾아오는 사람이 점점 많아졌다.

쾅쾅쾅!

사람들은 돈을 갚으라며 문을 두들겨 댔다. 문은 아슬아슬 버티었다. 우린 방구석으로 도망쳐 엄마의 품속에 숨었다. 쿵쿵쿵, 엄마의 심장 소리가 몸을 뚫고 나와 그대로 전해졌다. 우릴 감싼 엄마의 가느다란 손가락이 부들부들 떨렸다. 단단한 문처럼 우리 앞에 버티고 서 있던 엄마가 부서지고 있었다. 나는 그럴 때마다 엄마 손을 꽉 잡아 주었다.

엄마의 얼굴이 변한 건 한복 만드는 일을 하면서부터였다. 잘 웃지 않던 엄마가 웃는 때가 많아졌다. 늘 축축하고 아슬아슬하던 집에 복희 아줌마의 일감은 햇살 같았다. 엄마의 웃음은 축축한 습기를 몰아내고 집을 뽀송뽀송하게 만

들었다. 엄마가 아줌마를 '한 여사님'이라며 깍듯이 대하는
이유였다. 아줌마는 우리 집이 숨을 쉴 수 있게 도와주려고
하늘에서 보내 준 사람 같았다.

4.

"이얍차!"

번쩍! 머리 위로 만세를 외치듯 팔을 쫙 펴고 역기를 높
이 들어 올렸다.

"오, 해라. 그래, 좋아. 버텨!"

버티는 건 자신 있다. 역기를 든 채 앞뒤로 휘청이다가 양
코치 앞으로 몸이 쏠렸다.

"됐어. 이제 내려 봐. 역기를 던져."

양 코치가 놀라서 도망치며 소리쳤다.

"바닥에 그냥 던져 버려!"

강주가 쫓아와 소리쳤다. 툭 내동댕이치면 그만인데 그게
싫었다. 무엇이든 곤두박질치는 건 싫다. 역기가 쏠리는 방
향을 따라 휘청일 때마다 운동부원들이 나를 피해 이리저리
도망쳤다. 부들부들 떨리던 손에 힘이 다 빠져나갔다.

"으쌰!"

강주가 내 뒤로 쫓아와 역기를 잡아 줬다. 덕분에 얌전히
바닥에 내려놓을 수 있었다. 털썩 주저앉아 가쁜 숨을 몰아
쉬었다. 나도 해냈다. 괜히 씩 웃음이 나왔다.

"웃겨? 이 녀석아, 겨우 20킬로 들고 그리 헤매는 거야?"

양 코치는 손으로 이마를 짚고 허공에 긴 한숨을 내쉬었다.

"20이 아니라 40인데요."

강주가 역기를 옮기며 말했다.

"뭐? 40이라고?"

양 코치가 나와 역기를 번갈아 보았다. 역기의 무게를 다시 확인하더니 눈이 동그래졌다.

"해라!"

양 코치는 날 위아래로 훑어보았다. 처음 본 날의 표정과는 달리 눈에 웃음이 보였다. 양 코치는 커다란 손으로 내 머리를 흩트리고 지나갔다. 강주가 다가와 제법이라며 팔꿈치로 내 어깨를 툭 건드렸다.

누군가에게 인정받은 건 처음이었다. 나도 잘할 수 있는 게 있었다.

집으로 돌아가는 발걸음이 가벼웠다. 너무 가벼워 이상한 느낌마저 들었다. 집에 돌아오자 예상 못한 일이 날 기다리고 있었다.

"벼리 좀 보고 있어."

엄마는 아빠를 보러 가는 길이라며 다급하게 집을 나갔다. 금방 돌아온다는 엄마 대신 복희 아줌마가 찾아와 저녁을 차렸다. 엄마는 새벽이 되어 돌아왔다.

아빠가 쓰러졌다.

엄마는 세상이 불공평하다며 울었다. 병원에서 금방 돌아

올 줄 알았던 아빠는 쉽게 일어나지 못했다. 병원 생활은 점점 길어졌다.

복희 아줌마가 바느질 옷감을 들고 집에 찾아오는 날이 더 많아졌다. 엄마는 아줌마에게 점점 더 의지했다. 아줌마는 아빠가 없는 집에 예전보다 더 오래 머물다 가곤 했다. 늘 다정하던 아줌마가 알 수 없는 행동을 하기 시작한 것도 이때쯤부터였다.

여느 날처럼 벼리를 데리고 집에 돌아왔다.

"엄마!"

벼리가 신발을 벗자마자 안방 문을 열고 뛰어 들어갔다. 방 안에는 복희 아줌마 혼자 있었다. 아줌마는 옷장 문을 다 열어 놓고 뭔가 찾고 있었다. 찾는 일에 집중하느라 귀와 눈이 먼 듯 우리가 들어온 것도 알아채지 못했다. 아주 중요한 걸 찾는 것 같았다. 뒤늦게 우리가 온 걸 알아차린 아줌마와 눈이 마주쳤다. 처음 본 날의 무서운 눈빛을 아줌마는 이내 미소로 감추었다.

"가…… 가위가 어딨더라?"

도둑질을 들킨 것마냥 더듬거리며 뻔한 거짓말을 했다. 가위는 늘 거실 소반 위에 놓여 있다는 것쯤은 아줌마도 알고 있었다.

날카로운 가위의 날이 거실에 들어온 햇빛을 반짝 오려 놓았다.

5.

쫙쫙 몸에 남은 기운 한 방울까지 짜내서 운동을 했다. 그렇게 운동을 끝내고 집에 돌아오면, 몸이 물먹은 솜처럼 무거워져 거실 바닥에 납작 달라붙었다. 언제나처럼 엄마는 바느질하고, 벼리는 그 옆에서 텔레비전을 보고 있었다. 꾸물꾸물 기어 벼리 옆으로 다가갔다. 채널을 돌리던 벼리가 벌떡 일어나 화면을 가렸다.

"알아. 누군지 알아!"

텔레비전에 낯익은 얼굴이 보였다. 분명 많이 본 사람인데 누구지?

"아줌마다!"

벼리가 먼저 소리쳤다. 진한 화장도 눈썹 아래 볼록한 점은 가리지 못했다. 아줌마는 '한복희 명장'이라는 타이틀을 달고 인자한 표정으로 관객들 앞에서 웃고 있었다. 부스스한 파마머리는 곱게 땋아 틀어 올린 쪽에 비녀를 꽂은 세련된 모습으로 바뀌어 있었다. 아줌마는 자기가 직접 한 땀 한 땀 정성 들여 만들었다며 한복들을 소개했다. 갑자기 엄마가 눈을 찡그렸다.

"엄마, 피 나!"

바늘이 엄마의 왼쪽 검지에 깊이 박혀서 피가 뚝뚝 떨어졌다. 엄마는 그런 줄도 모른 채 화면에서 눈을 떼지 못했다. 손을 덜덜 떨면서.

화면 속 한복들은 모두 엄마가 만든 것이었다. 내가 자다가 일어나 화장실에 갈 때도, 학교에 갔다 왔을 때도, 밥 먹고 텔레비전을 볼 때도, 동생이 무릎에 얼굴을 포개고 잠들었을 때도 엄마의 손바느질은 멈춘 적이 없었다. 어떤 때는 자면서도 바느질을 했다. 눈을 감고 규칙적인 숨을 토해 내었지만, 그 순간에도 반복되는 손의 움직임은 정확한 간격을 유지하고, 바늘은 멈춰야 할 곳에서 용케도 멈춰 섰다. 잠을 자는지 마는지, 밥은 먹는지 어떤지, 엄마가 가진 모든 걸 쏟아 만들어 낸 한복들이었다. 그런 걸 아줌마는 자기가 한 땀 한 땀 만든 거라고 뻔뻔한 거짓말을 했다.

'우리 엄마 솜씬데.'

분한 마음에 주먹이 꽉 쥐어졌다.

이틀 후, 1층으로 내려온 엘리베이터에서 아줌마와 마주쳤다. 집에서 엄마를 만나고 내려온 것 같았다. 아줌마는 몹시도 차가운 얼굴로 내 인사도 받지 않고 그냥 지나쳐 갔다. 망설이던 나는 아줌마를 쫓아가 소리쳤다.

"우린 아줌마를 좋아했어요."

그제야 아줌마가 고개를 돌려 나를 보았다. 눈빛이 매서웠다. 아줌마를 쫓아가 소리치던 당당함이 슬그머니 무너져 내렸다.

"한복은 다 우리 엄마가 만든 거잖아요!"

혼자 중얼거리듯 따져 물었다.

"누가 아니래? 누가 만들든 내 이름과 명성으로 팔려 나가는 거야. 엄마한테 하기 싫으면 언제든 그만두라고 해."

아줌마의 말은 비웃음으로 끝났다. 마땅히 대적할 만한 말이 떠오르지 않았다. 얼굴이 일그러졌다. 완패다. 엄마도 그랬으리라.

"그 옷도 이제 나한테 넘기라고 해."

아줌마는 뒤돌아 가 버렸다. 또 그 옷이었다. 그 옷이라면 나도 딱 한 번 봤다. 다시는 보고 싶지 않은 옷. 가져갈 수 있으면 제발 가져가 주세요! 하고 싶은 말은 목에 걸려 나오지 않았다.

'아! 엄마는 괜찮을까?'

나도 이렇게 분한데 엄마가 걱정되었다. 바로 집으로 올라갔다. 현관에서 신발을 벗다가 나는 그대로 멈춰 섰다. 안방에서 이상한 기운이 느껴졌다.

사사삭 사라락.

작은방 문틈으로 낯선 소리가 새어 나왔다. 덜컥! 확인하기도 전에 두려움이 앞섰다. 몸은 최대한 웅크리고 뒤꿈치는 바짝 날을 세워 다가갔다. 살짝 벌어진 문틈으로 방 안을 살펴보았다. 맨발이 보였다. 공중에 떠 있는 유난히 하얀 맨발. 나는 그대로 주저앉았다. 설마! 부들부들 떨리는 손으로 벽을 짚고, 다시 방 안을 확인했다. 맨발은 공중에 뜬 채 천천히 흔들리고 있었다. 바람도 없는데 하늘거리는 옷자락, 사락사락 풀 먹인 옷감이 서로 스치며 날카로운 소리를 냈다. 켜켜이 쌓인 얇은 천은 한복도 아니고 드레스와도 달랐다. 커다란 잠자리 날개를 여러 개 겹쳐 놓은 것 같은 신비

한 옷을 입고 엄마가 공중에 떠 있었다.

"허업!"

입을 막은 손가락을 뚫고 소리가 새어 나왔다.

사라락, 옷감이 접히는 소리가 들렸다. 엄마가 얼굴을 문 쪽으로 돌렸다. 눈이 마주쳤다. 도망치고 싶었지만, 다리가 풀려 움직일 수가 없었다. 천천히 뒤로 물러나 벽에 기대어 앉았다.

잠시 뒤, 옷을 갈아입고 밖으로 나온 엄마가 내 옆에 앉았다. 그리고 내 손을 잡았다. 깜짝 놀라 손을 빼서 가슴팍에 끌어안았다. 잊을 수 없는 기억이 다시 떠올랐다. 오래전 잠결에 아기였던 벼리를 안고 공중을 미끄러지듯 떠다니던 엄마를 보았었다. 엄마는 금방이라도 나를 떼어 놓고 날아가 버릴 것 같았다. 꿈일 거라 애써 덮어 버렸던 그때 기억이 현실로 되살아났다.

"세상에 진짜 선녀가 살아?"

고개도 들지 않고 엄마에게 물었다.

"엄마는 그냥 해라와 벼리의 엄마일 뿐이야."

"다시 하늘로 돌아갈 거야? 그런 거 아니지?"

이번에는 엄마와 눈을 맞추고 물었다. 엄마가 대답을 잠깐 머뭇거렸다. 그 시간이 내겐 한없이 길게 느껴졌다.

"아빠랑 너희들이 있는데 엄마가 어딜 가?"

엄마가 내 머리를 쓰다듬어 주었다.

"그 옷은?"

선녀 콤플렉스

"음…… 옷은 오늘 마지막으로 한번 입어 본 거야. 너무 걱정하지 마."

엄마는 고개를 돌려 창밖 하늘을 올려다봤다.

나는 방으로 들어가 옷도 벗지 않고 이불 속으로 파고들었다. 눈을 감아도 잠이 오지 않았다. 벌떡 일어나 무작정 집을 나섰다. 정신을 차리고 보니 체육관 앞이었다.

6.

"헛, 둘, 헛, 둘."

체육관에는 강주가 혼자 운동하고 있었다. 흘러내리는 땀을 닦아 내며 강주의 눈길이 나를 좇았다. 나는 체육복으로 갈아입고 나왔다.

"안 궁금해?"

울어서 빨개진 눈을 가리며 강주에게 물었다.

"운동에 집중하면 아무 생각도 안 나."

강주가 딱 잘라 말하고 다시 역기를 들어 올렸다. 쫙! 강주의 몸이 역기와 하나가 되어 순식간에 펼쳐졌다. 균형 잡힌 힘이 역기의 무게를 지탱해 냈다.

덩치 큰 선배를 제압하는 강주를 보는 순간, 나는 이거다 싶었다. 나는 늘 뭐라도 잡고 매달리고 싶었다. 누구도 나를 어쩔 수 없도록 힘이 세지고 싶었다. 시작은 그랬다. 그런데 하다 보니 운동이 좋아졌다. 역기와 하나가 되어 땅을 짓누를 때 발바닥에 전해지는 무게감이 좋았다. 그 순간만큼은 땅에 발을 붙이고 살아 있다는 느낌이 들었다.

"오늘은 그만하자!"

강주가 핸드폰으로 음악을 틀었다. '빰빰 빠빠바밤 빰빰 빰 빠바바아밤' 개선 행진곡이다. 강주는 체육관 한가운데 서서 두 팔을 높이 들어 올렸다. 나도 강주 옆에서 손을 들고 눈을 감았다. 승전보를 알리는 나팔 소리가 배경으로 깔렸다. 금메달을 따고 환호하는 관중들 앞에 선 것 같았다. 음악에 맞춰 심장이 빰빰 뛰었다.

쿵 소리에 눈을 떠 보니 강주가 체육관 바닥에 벌러덩 누워 있었다.

"난 운동 끝나고 바닥에 누워서 이 음악 들을 때가 제일 좋더라."

강주가 나를 보며 하얀 이를 드러냈다. 우린 체육관에 나란히 누워 힘차게 울려 퍼지는 나팔 소리를 들었다. 체육관 창밖으로 붉게 물든 구름 너머 하늘이 보였다.

"우리 엄마 선녀야!"

농담처럼 말을 던졌다. 강주는 바짝 다가와 내 얼굴을 자세히 살피더니 고개를 갸우뚱거렸다.

"선녀 딸이라고 다 이쁜 건 아니네."

"야!"

입술을 삐죽이며 강주 옆구리를 손가락으로 찔렀다. 강주가 참고 있던 웃음을 터트렸다. 체육관은 금방 웃음으로 가득 찼다.

선녀 콤플렉스

"너희 아빠는 좀 어떠셔?"

웃음이 멈추고 강주가 조심스럽게 물었다.

"많이 좋아지셨어."

"그래, 금방 일어나실 거야."

살짝 웃음을 건네고 강주의 눈을 피해 천장을 올려봤다. 나는 병원에 입원 중인 아빠를 떠올렸다. 엄마는 자세한 이 야기를 해 주지 않았다. 병원에 다녀온 엄마의 표정은 늘 어 둡고, 점점 말라가는 아빠에게선 생나무 냄새가 빠져나갔 다.

깜깜해지고서야 집으로 돌아왔다. 엄마는 아무 일도 없던 것처럼 거실에서 벼리와 종이를 오리고 있었다. 달과 별 모 양으로 오린 종이가 상자에 수북했다.

"엄마랑 별 만든다. 언니도 같이 할래?"

벼리 말을 무시하고 바로 방으로 들어갔다. 이불을 뒤집 어쓰고 누워 있는데, 거실에서 벼리와 엄마의 웃음소리가 계속 들려왔다. 몸을 뒤척이며 돌아누웠다. 피곤했는지 스 르르 눈이 감겼다.

환한 빛에 눈을 떴다. 날개옷을 입은 엄마가 벼리를 품에 안고 있었다. 엄마가 내민 손을 잡았더니 내 몸도 붕 떠올 랐다. 벼리와 함께 엄마에게 안겼다. 둥둥 우리는 방을 지나 창문 밖 하늘로 날아올랐다. 금방 아파트가 주먹만 해지고, 마을이 한눈에 들어왔다. 날개옷이 펄럭일 때마다 더 높이

올랐다. 그때 내 눈에 날개옷 끝자락의 끝매듭이 풀어지는 게 보였다. '엄마 매듭! 매듭이 풀렸어.' 소리쳤지만 엄마는 알아듣지 못했다. 한순간 우리는 땅을 향해 곤두박질쳤다.

"아아악!"

나는 침대에서 벌떡 일어났다. 온몸에 식은땀이 흘러내렸다. 잠깐 사이 꿈을 꾼 모양이었다.

벼리가 문을 열고 들어와 싱글싱글 웃었다. 벼리는 싫다는데도 억지로 나를 거실로 끌고 나왔다.

"하나, 둘, 셋! 짜잔!"

벼리가 거실 불을 끄자 천장 가득 밤하늘이 펼쳐졌다. 천장에 오려 붙인 크고 작은 야광 별들과 달들이 은은하게 빛났다. 입이 저절로 벌어질 정도로 예뻤다. 벼리는 엄마 옆에 팔베개하고 누워 천장을 보았다. 엄마가 비어 있는 한쪽 팔을 흔들며 나를 불렀다. 하지만 나는 엄마 품에 눕지 않고 다시 방으로 돌아왔다.

"벼리야, 하늘 세상은 여기보다 훨씬 멋진 곳이야."

거실에서 엄마 목소리가 들려왔다.

"정말? 거기 나랑 아빠랑 언니랑 다 함께 갈 거지?"

엄마가 뭐라고 대답했는지는 들리지 않았다. 그저 신이 난 벼리의 목소리만 가득했다. 어쩜 엄마가 고개를 끄덕였을 수도 있었다. 나는 몸을 웅크리고 이불을 힘껏 꾸겨 쥐었다. 춥지도 않은데 몸이 부들부들 떨렸다.

선녀 콤플렉스

7.

집 앞에서 날 기다리는 사람이 있었다. 번쩍이는 새 자동차 뒷자리에 앉아 있던 건 복희 아줌마였다. 차 뒷문을 열더니 타라고 말했다. 내가 머뭇거리자 답답한지 아줌마가 차에서 내렸다.

"세상에서 제일 아름다운 바느질이 뭔지 아니?"

뜬금없는 이야기에 나는 눈만 껌벅이며 쳐다보았다.

"바느질 자국이 없는 바느질이야. 너를 처음 만났을 때, 네 블라우스를 보고 단번에 알 수 있었어. 너희 엄마가 어떤 사람인지를."

"무슨 말을 하고 싶은 거예요?"

"너도 알지? 네 엄마가 어디서 왔는지 말이야."

아줌마가 하늘을 올려보았다.

"그들 중에서도 네 엄마는 정말 뛰어난 바느질 솜씨를 가졌어. 그걸 알아볼 수 있는 사람도 세상에 그리 많지 않아."

혹시 아줌마도 엄마처럼 아주 먼 곳에서 온 사람일까? 아줌마는 내 눈을 피하지 않고 똑바로 마주 봤다.

"그 사람들은 결국 왔던 곳으로 돌아가게 되어 있어. 너, 엄마가 떠날까 봐 두렵지? 엄마가 떠나지 못하게 하려면 그 옷만 없애면 돼."

복희 아줌마가 잠시 머뭇거리다 말을 이었다.

"날개옷을 내게 가져와."

결국 하고 싶은 말은 '날개옷'이었다. 옷장을 뒤지던 그날도 아줌마는 날개옷을 찾고 있었던 것이다. 아줌마가 내 어깨를 두 손으로 잡고 흔들었다. 순간 아줌마의 눈에서 빛쟁이들의 눈빛이 떠올랐다. 내놓지 않으면 금방이라도 어떻게 할 것 같았다.

"그 옷 때문에 도둑처럼 집을 뒤진 거예요?"

아줌마 눈썹 아래에 있는 볼록한 점이 꿈틀댔다.

"엄마가 그 옷 찢어 버렸다고 했어요."

"그 말을 믿어? 이제 진짜 시간이 얼마 없다."

나는 뒤로 주춤거리다 얼른 뒤돌아 아줌마에게서 도망쳤다.

"아빠는 좀 어떠시니?"

아줌마의 마지막 말이 등에 달라붙어 따라왔다.

8.

겨울이 시작될 무렵이었다. 운동장에서 뛰어놀고 있던 나를 담임 선생님이 급하게 찾았다. 선생님은 몹시 곤란한 표정으로 내 가방을 들고 서 있었다.

"해라야, 네 아빠가⋯⋯."

선생님은 말을 다 잇지 못하고 고개를 들어 나무를 바라봤다. 낙엽이 내린 나뭇가지의 앙상한 모습에 아빠가 겹쳐졌다.

병원 침대에 반듯하게 누운 아빠는 조금 추워 보였다. 창

백한 얼굴에 멍든 것처럼 푸른빛이 도는 입술이 도드라졌다. 살짝 벌어진 입술은 공기를 한 모금 물고 내뱉지도 들이마시지도 못하고 있었다. 후! 숨 한 모금 내보내는 게 뭐 그리 어렵다고.

"후, 후!"

나는 입술을 오므려 아빠 대신 숨을 내쉬었다. 금방 숨소리는 흑흑 울음으로 바뀌었다. 한참을 쏟아지던 눈물이 어느 순간 바닥이 났다.

흡! 흡! 어깨를 들썩이며 빈 콧물만 삼켰다. 그제야 주위가 눈에 들어왔다. 반듯하게 줄 맞춰진 상들이 하얀 비닐을 덮고 오지 않는 손님을 기다렸다. 상주 석에 앉은 엄마는 멍하니 허공을 응시하고, 그 옆을 벼리가 지켰다. 한쪽에선 도우미 아줌마 한 분이 커다란 밥솥을 열고 밥을 펐다. 하얀 쌀밥에서 콰아아아 흰 연기가 소란스럽게 쏟아져 나왔다. 넓은 공간에 아무도 찾아오는 사람이 없었다. 아빠의 마지막 가는 길이 참 쓸쓸했다.

"해라야!"

정적을 깬 것은 강주 목소리였다. 장례식장 안으로 얼굴을 빠끔히 내밀고 주위를 둘러보더니 조심스레 안으로 들어왔다. 강주는 검은색 반소매 티셔츠에 검은 치마를 입고 있었다. 반소매를 입기엔 차가운 날이었다. 밖으로 나온 맨살에 오돌토돌 소름이 돋아 붉게 얼룩져 보였다. 강주를 보자 다 마른 줄 알았던 눈물이 다시 샘솟았다. 강주의 넓은 품에 얼굴을 묻고 울음을 쏟아 냈다. 강주는 커다란 스펀지처럼 울음소리와 눈물을 모두 다 자기 몸 안으로 삼켜 주었다.

한참 만에 눈물이 진정되고, 나와 강주는 한쪽 벽에 기대 앉았다.

"빨리 오려고……. 검은색 옷이 반팔밖에 없더라."

강주가 반소매를 자꾸 팔꿈치 아래로 당겼다.

"고마워!"

가만히 보고 있던 강주가 내 눈물 자국을 손으로 닦아 주었다.

"사실, 나도 고마워. 나한테 부탁 같은 거 한 사람은 네가 처음이었거든."

강주가 입꼬리를 올리며 웃었다. 빨개진 볼살이 잘 익은 감처럼 동그랗게 모아졌다.

"코치님도 금방 오실……."

그때 장례식장 안으로 사람들이 우르르 몰려들어 왔다. 검은 양복을 입은 대여섯 명의 덩치들이었다. 검은색으로 쫙 빼입었지만, 누군가를 위로해 주려고 찾아온 사람들이 아니라는 건 금방 알 수 있었다.

"어떡할 거야?"

검은 덩치 하나가 엄마 앞에 서서 소리쳤다. 주어가 없이도 대화가 가능한 사람들이었다. 그들에게 주어는 항상 '돈'이었다.

"있지? 보험 같은 거 들었을 거 아냐?"

두꺼운 손가락이 엄마 눈앞을 위협적으로 찔러 댔다. 엄마가 부들부들 몸을 떨었다. 나는 달려가서 엄마 앞을 막아섰다. 강주도 따라와 내 뒤에 섰다.

"이것들은 뭐야? 비켜!"

덩치가 나를 밀쳐 냈다. 발가락에 힘을 주고 버텼다. '어! 뭐지?' 하는 표정으로 덩치가 나를 위아래로 훑어보았다. 덩치가 내 목덜미를 잡아당겼다. 힘껏 버티었다. 강주가 도와주자 덩치 혼자 힘으로는 우리를 당해 내지 못했다. 덩치들이 한꺼번에 덤벼들었다.

"애들한테 뭐 하시는 거예요?"

엄마가 벌떡 일어나 앞을 막아섰다.

짝!

소리와 함께 엄마가 그대로 바닥에 뒹굴었다. 덩치가 엄마의 뺨을 내려친 것이다. 순간 세상이 멈춘 것 같았다. 엄마는 쓰러진 채 고개도 들지 못했다.

"앞으로 정신 바짝 차리라고! 멍해 있으면 빚은 어떻게 갚아?"

덩치가 웃었다. 나는 덩치에게 달려들어 팔을 깨물었다. 번쩍하며 뒤통수에 통증이 전해졌다. 덩치의 손바닥은 나무판처럼 단단했다. 나는 아빠의 사진이 올려진 제단에 얼굴을 부딪쳤다. 사진이 위태롭게 흔들렸다. 덩치는 다시 손을 높이 쳐들었다.

"우리 애 몸에 손대지 마!"

양 코치가 달려들었다. 내 앞에 있던 덩치가 퍽 소리와 함
께 나가떨어졌다. 양 코치가 빨개진 얼굴로 씩씩거리며 덩
치를 내려다보고 서 있었다. 진짜 화가 난 양 코치의 얼굴
은 무서웠다. 검은 덩치들이 주춤할 만큼 위압감이 느껴졌
다. 그렇다고 물러설 덩치들도 아니었다. 덩치들과 양 코치
가 뒤엉키고, 부원들은 말리느라 정신이 없었다. 뒤늦게 싸
움 구경 온 다른 사람들, 담임 선생님과 반 아이들도 찾아오
고, 얼마 되지 않아 경찰들까지 쫓아왔다. 조용하던 아빠의
장례식장은 어느새 사람들로 꽉 차서 시끌벅적해졌다. 두리
번거리던 내 눈에 장례식장 밖에 서 있는 복희 아줌마가 보
였다. 아줌마는 나와 눈이 마주치자 얼른 뒤돌아 가 버렸다.
커다란 덩치들이 서로 뒤엉키다가 아빠의 사진을 건드렸다.
째쟁! 액자가 떨어져 깨졌다.

"꺄아악!"

날카로운 목소리에 사람들은 모두 귀를 막아야 했다. 순
간 훅 바람이 일어났다. 촛불이 꺼지고, 국화꽃들이 공중으
로 떠올랐다가 바닥으로 떨어져 내렸다. 상 위에 깔려 있던
비닐 덮개들이 사방으로 날아올랐다. 사람들은 모두 소리가
들려온 곳으로 고개를 돌렸다. 웅크린 엄마 몸에서 빛이 새
어 나왔다. 그 빛이 조금씩 수그러들자, 새처럼 펄럭이던 비
닐 덮개가 한순간 부드럽게 내려앉았다.

"그만 돌아가야겠어!"

엄마는 계속 혼자 중얼거렸다. 나는 엄마와 눈을 맞추려

선녀 콤플렉스

했지만, 마주한 엄마 눈빛은 나를 뚫고 뒤쪽 어딘가를 헤매고 있었다. 사방이 막힌 장례식장 안에서는 하늘이 보이지 않았다. 하늘만 보이면 엄마가 금방이라도 날아가 버릴 것 같았다. 나는 엄마를 꽉 붙들었다.

9.

장례식을 마치고 집에 돌아왔다. 우리는 현관에 서서 움직일 수 없었다. 바닥 장판이 들추어져 있고, 옷장의 옷들은 사방에 널브러져 있었다. 마구 헤쳐 놓은 이불들은 솜까지 드러나 있었다. 누군가 집을 엉망으로 헤집어 놓았다. 나는 그게 누군지 알고 있었다. 장례 마지막 날 다시 찾아온 복희 아줌마에게 나는 집 열쇠를 넘겨주었다. 그 옷이 사라지길 바라며.

털썩.

엄마는 거실 구석 그늘진 곳에 힘없이 주저앉았다. 한동안 멍하니 하늘만 보고 있던 엄마가 벌떡 일어났다. 엄마는 차갑게 굳은 표정으로 집을 정리하기 시작했다. 몇 시간을 정리한 끝에 바닥에 앉을 만한 상태가 되었다. 엄마는 식탁 의자를 거실 한가운데로 끌어다 놓고 그 위에 올라섰다.

부욱 북.

엄마는 천장 벽지를 뜯어냈다. 회색 시멘트벽이 드러났다. 뜯어낸 벽지들을 모아 들고 엄마는 작은방으로 들어갔다. 방에 들어가기 전 엄마가 내 손을 잡고 눈을 맞추었다.

"엄마가 꼭 해야 할 바느질이 있어. 해라야, 동생 돌보면서 조금만 기다려."

나는 두려움에 손을 빼려 했다. 그때마다 엄마가 내 손을 억세게 꼭 움켜쥐었다. 아프다는 말도 할 수 없었다. 어쩔 수 없이 고개를 끄덕였다. 엄마는 방에 들어가 문을 닫았다. 무슨 일인지 궁금한 나는 얇고 긴 문틈으로 들여다보았다. 엄마는 천장 벽지에 붙어 있던 종이별들을 하나하나 떼어 내고 있었다.

금방 나올 줄 알았던 엄마는 며칠을 방에서 나오지 않았다. 처음에는 원망스러웠지만, 시간이 지날수록 아무것도 먹지 못하는 엄마가 걱정되었다. 배고파서 죽으면 어쩌지? 우리만 남겨 두고 혼자 떠나면 어쩌지? 작은방 창문을 떠올리자 덜컥 겁이 났다. 어렵게 참고 있던 울음이 갑자기 터져 나왔다.

"엄마! 엄마!"

나는 울면서 세차게 문을 두드렸다. 벼리도 따라 울었다. 그래도 방 안에선 아무 대답이 없었다. 울다 지친 우리는 방문 앞에 쓰러져 잠들었다.

"어서 일어나!"

나를 깨운 건 강주였다. 강주의 허리춤에 벼리가 안겨 있었다. 벼리가 문을 열어 준 모양이었다. 강주는 억지로 나를 끌고 밖으로 나가려 했다. 버텨 보려 했지만 화를 내는 강주를 이길 수 없었다. 집을 나서기 전에 엄마 방을 살폈다. 여전히 사그락거리는 옷감 소리가 들렸다.

우리는 강주의 집으로 갔다. 강주와 똑같이 생긴 강주 엄마가 반겨 주었다. 강주 엄마는 우릴 식탁으로 이끌었다. 둥그런 식탁에 따뜻한 음식이 가득 차려져 있었다.

후루룩 흡흡.

따뜻한 국물 한 모금에 눈물이 주르륵 흘러내렸다. 밥이 맛있다. 그게 또 화가 나 눈물이 또 흘러내렸다. 굶고 있는 엄마 생각이 났다. 후르룹 국물을 다시 떠먹었다. 여전히 맛있었다.

자고 가라며 붙드는 강주를 어렵게 뿌리치고 집으로 돌아왔다. 따뜻한 곳에 있다 오니 온기를 잃은 집은 더 차갑게 느껴졌다. 벼리와 나는 서로를 꼭 끌어안고 거실 벽에 기대었다.

"언니! 언니!"

벼리가 뭔가 생각난 듯 갑자기 방으로 뛰어 들어갔다. 돌아온 벼리의 손에는 손가방이 들려 있었다. 벼리는 나한테 뺏길까 봐 숨겨 두었다며 작은 그림책 한 권을 꺼냈다. 책장을 후루룩 넘기자 뭔가가 바닥에 떨어졌다. 예전에 엄마와 벼리가 함께 오렸던 종이별이었다. 바닥을 맞고 튕겨 오른 종이별 조각은 그대로 둥둥 부드럽게 공중으로 떠올랐다. 한번 떠오른 종이별은 천장에 붙어서 떨어질 줄 몰랐다.

'종이별들이 날개옷이었어.'

나는 종이별을 보며 중얼거렸다. 엄마는 방 안에서 조각

난 날개옷을 하나하나 다시 바느질하고 있는 것이다.

잠결에 누군가 내 머리를 쓰다듬고 있다는 게 느껴졌다.
부드러운 손길을 느끼고 눈을 뜨려다 고개를 돌렸다. 눈 부
신 빛이 방 안에 가득했다. 엄마가 입은 하얀 옷에서 나오는
빛이었다. 바람도 없는 방 안에 새하얀 날개옷이 깃발처럼
세차게 나부꼈다. 엄마는 잠이 든 벼리를 품에 안고 공중에
떠 있었다. 이번에도 꿈이길 바랐지만 아니었다.

"별 한 조각 못 봤어?"

엄마가 한쪽 손에 부여잡은 날개옷은 끝매듭이 풀려 있
었다. 벼리가 잠들어 있어서 다행이었다.

"한 조각만 없어도 날개옷은 매듭을 지을 수 없어. 하늘에
닿기 전에 매듭이 풀려 버릴 거야."

엄마의 눈빛에 안타까움이 가득했다.

"그럼 돌아가지 말고 여기 남으면 안 돼?"

엄마는 대답 없이 방에 불을 껐다. 날개옷이 은은한 빛을
내며 빛났다. 엄마는 집 안 구석구석을 다니며 빛나는 조각
을 찾고 있었다. 나는 고개를 숙여 바지 주머니를 확인했다.
주머니 밖으로 빛이 새어 나왔다. 주머니 속 별 조각을 오른
손에 움켜쥐어 빛을 감추었다. 엄마는 남은 조각을 찾을 수
없었다.

"해라야, 이제 돌아가야 해. 우리 함께 가자."

마지막 한 조각이 없으면 남을 줄 알았는데, 엄마는 풀린

선녀 콤플렉스

매듭을 움켜쥐고 내게 손을 내밀었다. 나는 손을 뒤로 감추고 천천히 고개를 저었다. 나 혼자 살 수 있을까? 엄마랑 벼리랑 함께라면 살 수 있는데.

"엄마, 끝매듭이 풀렸잖아!"

내가 울먹였다.

"나에게 끝매듭은 너희들이야."

엄마는 내 오른 손목을 낚아챘다. 순간 내 몸은 가볍게 공중으로 떠올랐다. 두둥 한번 떠오른 몸은 내 마음대로 가눌 수가 없었다. 자석처럼 엄마가 이끄는 대로 공중을 날아 거실을 지났다. 그래. 어쩜 엄마를 따라가는 게 편할지도 모르겠다. 버티고 매달리던 이유가 떠오르지 않았다. 온몸에 힘이 쫙 풀렸다. 공중에 뜬 몸은 베란다를 지나 창문 밖 허공으로 부드럽게 빠져나갔다.

빠밤 빠빠바밤 빰빰빰.

그때 내 방에서 핸드폰 벨 소리가 들렸다. 내 귀가 꿈틀댔다. 강주에게서 온 전화였다. 학교, 강주, 역도, 친구들······. 여기엔 내 것들이 있었다.

꽉!

창문을 빠져나가기 전 왼손으로 철제 난간을 잡았다. 빙그르르 몸이 돌아 두 다리가 하늘을 향했다. 엄마는 잡은 손을 놓아주지 않았다.

우리는 난간에 붙들렸다. 날개옷이 하늘을 향해 세차게 펄럭일 때마다 난간이 파르르 떨렸다. 이대로 왼손만 놓으면 하늘로 솟아오를 것 같았다. 벼리를 안고 있는 엄마가 더 힘껏 나를 끌어당겼다. 나는 난간을 더 꽉 쥐고 버티었다.

"해라야, 이제 손 놔."

날개옷이 더 세차게 펄럭거렸다. 난간을 잡은 손이 점점 풀리고 있었다. 엄마가 혼자 멀리 떠날까 봐 늘 불안했다. 겨우 생각해 낸 게 매달리는 일이었다. 함께 살자고 매달려도 보고, 그게 아니면 뭐든 붙잡고 매달리면 땅에 발을 붙이고 살 수 있지 않을까? 어떻게든 여기에서 살려면 매달릴 힘이 내게 필요했다. 처음 만난 강주에게 살려 달라 매달린 이유였다.

"엄마!"

하늘을 보던 엄마가 고개를 돌려 나와 눈을 맞추었다.

"엄마, 나 살고 싶어!"

엄마의 눈에서 작은 눈물방울이 떨어졌다. 눈물방울은 이내 하얀 눈송이로 바뀌어 바람에 휘날렸다. 오른 손목을 잡고 있던 엄마 손이 힘없이 풀렸다. 미끄러지듯 엄마의 손바닥이 내 손을 스쳐 갔다. 난 꽉 쥐고 있던 손을 펼쳐 감춰 둔 별 조각을 허공에 던졌다. 엄마는 마지막 조각을 잡으려 손을 뻗었다. 그 순간 엄마 품에 안긴 벼리 손을 잡았다. 벼리를 내 품에 끌어안았다. 벼리를 놓치고 별 조각을 잡은 엄마는 멈추지 못하고 하늘로 계속 떠올랐다. 내 몸은 천천히 베란다 바닥으로 내려앉았다. 잠든 벼리가 추운지 내 품에서 몸을 웅크렸다. 벼리가 크면 벼리에게도 선택할 기회를 주고 싶다. 나는 벼리를 꼭 끌어안았다.

　쿵! 쿵! 쿵!

　현관문 밖에서 강주와 양 코치의 목소리가 들려왔다.

　검은 하늘에서 흰 눈이 떨어져 내렸다. 하나둘 보이던 눈은 금방 함박눈이 되어 쏟아졌다. 하얀 날개옷에 감싸진 엄마는 커다란 눈덩이처럼 보였다. 높이 오르고 오르던 눈덩이는 내리는 눈 속에 파묻혀 사라졌다.

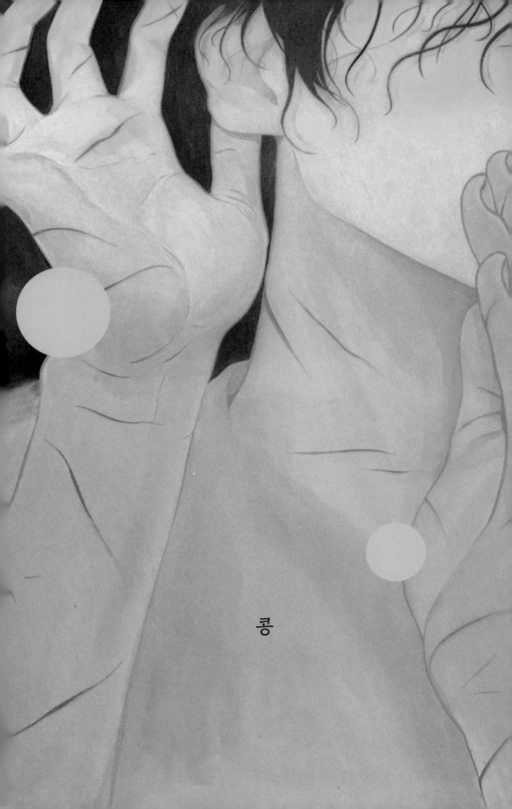

●

"너도 매일 맞는다. 왜? 너는 그 애보다 키도 더 큰데."

도넛 모양의 담배 연기가 공중으로 떠올랐다. 연기는 건물과 건물 사이 좁은 공간을 느리게 날아올랐다. 담벼락 위로 고개를 올려보니 사각형의 파란 하늘이 보였다. 연기는 골목을 빠져나가 하늘로 오르고 싶은 모양이었지만, 얼마 가지 못하고 벽 속으로 스며들듯 사라져 버렸다.

골목 안은 밖에서 일부러 들여다보지 않으면 잘 보이지 않았다. 벽 한쪽에 아무렇게나 쌓인 나무 상자 뒤에는 일인용 소파가 있다. 치국은 소파에 등을 기대고 앉아 붕어처럼 뻐금뻐금 담배 연기를 뿜어냈다. 나는 맞은편 담벼락에 기댄 채 눈치만 살폈다. 불려 나온 지 10분이 넘었지만, 치국은 아무 말이 없었다.

치국은 알뜰하게 태운 담배의 불씨를 검지 끝으로 탁 튕겨 냈다. 담배꽁초는 뱉어 낸 침들 사이 땅바닥을 나뒹굴었다. 치국은 빈 담뱃갑을 주먹 안에 구겨서 내게 내밀었다. 담배를 다시 채우는 건 언제나 내 몫이었다.

"엄마가 밥 차리는 중이야. 저녁 먹고 갖다줄게."

"그동안 난 손가락 빨라고?"

치국은 담뱃갑처럼 얼굴을 구기더니 카악 침을 뱉고 일어났다.

"나도 밥 좀 먹자!"

안 되는데. 혼자 웅얼거렸던 것 같다. 치국은 못 들은 척 내 어깨에 손을 올렸다. 치국의 몸이 한쪽으로 기우뚱 기울었다. 나보다 키가 작은 탓이다. 치국은 얼른 손을 빼고 앞서 걸어갔다. 중3이 되고 나서 내 키는 부쩍 자랐다. 치국보다 덩치도 월등히 컸다. 하지만 덩치만큼 두려움도 함께 자라는 게 문제였다. 치국의 그림자를 발로 짓누르며 뒤를 쫓았다.

가게 안으로 들어섰다. 계산대 뒤쪽 공간에 저녁상이 차려져 있고, 밥상 앞에는 작은 여자 콩이 앉아 있었다. 몇 번만 동그랗게 말면 콩처럼 작아질 것 같은 사람이었다. 그래서 콩이라 불리는지도. 콩은 얼마 전 옆집에 새로 생긴 커피숍에서 일을 시작했다. 따뜻한 나라에서 온 이방인의 얼굴이 왠지 낯설지 않았다. 눈에 띄는 모습에 '콩', '코옹'이라고 불리는 것을 몇 번 스치듯 본 게 전부였다. 가까이서 본 것은 오늘이 처음이었다. 나와 눈이 마주친 콩은 괜히 창밖으로 시선을 돌렸다. 치국이 나와 콩을 번갈아 보며 눈을 깜박였다. 콩이 왜 거기 앉아 있는지 놀란 건 나도 마찬가지였다.

"치국이도 왔구나! 잘했네. 같이 먹자."

엄마가 슈퍼 안쪽에 있는 부엌에서 접시를 들고 나왔다.

접시 한가득 돼지주물럭이 하얀 김을 쏟아내었다. 귀한 손님 대접하듯 네모난 교자상에는 금방 버무린 무침들과 두부, 콩자반, 계란말이, 김치와 북엇국까지 차려져 있다. 어차피 엄마랑 나 두 사람이 먹기엔 넘치는 상차림이다. 다른 누구 하나쯤 함께 먹어도 상관없겠지만, 그게 거의 매일이라면 얘기는 달라진다.

엄마는 자주 이웃 사람을 데려다가 밥상에 앉혔다. 가끔은 싫다는 사람을 붙들어 앉혀 놓기도 했다. 오늘은 콩이 지나가다 억지로 붙들렸을 것이다. 콩의 눈동자가 불편한 듯 흔들리고 있었다. 싫다는데도 자기 발로 앞장서서 온 치국까지. 둘 다 전혀 달갑지 않은 사람이다.

"먼 데서 와서 고생이 많네. 베트남이라고 했지?"

엄마는 계란말이를 콩 앞쪽으로 밀어 주었다.

"네. 잘 먹겠습니다."

콩은 꽤 정확한 발음으로 인사를 하며 젓가락을 들었다.

"치국이도 많이 먹어라."

치국 녀석은 대꾸도 없이 고기부터 입속에 처넣었다. 어디로 갈지 몰라 헤매던 콩의 젓가락도 조금씩 바쁘게 움직였다.

"밥 맛있어요."

콩이 유난히 하얀 이를 드러내며 웃었다. 치국은 한 숟가락 가득 밥을 퍼서 고기를 두 점씩 올려 먹었다.

"많이 먹어. 친구들끼리 싸우지 말고 잘 지내라."

콩

엄마가 치국 앞으로 고기 접시를 밀었다. 싸우다니! 엄마는 아들이 일방적으로 얻어터지는 걸 몰랐다. 고기 먹은 힘으로 또 때릴 텐데. 나는 치국 앞에 있는 고기 접시를 살짝 내 앞으로 당겼다. 치국이 눈을 흘기더니 다시 자기 쪽으로 끌어당겨 한번에 고기를 두세 점씩 입안에 구겨 넣었다. 이내 접시는 바닥을 드러냈다. 콩이 뒤늦게 마지막 남은 고기 한 점을 집어 들었다.

탁!

기다렸다는 듯 나는 빈 젓가락을 식탁에 거칠게 내려놓았다.

"혼자 다 먹어라."

콩을 노려보며 소리쳤다. 치국한테 하고 싶은 말을 괜히 콩에게 퍼부었다. 고기를 집은 콩의 젓가락이 갈 곳을 잃고 허공에 멈춰 진한 국물을 떨구었다. 천천히 고기 한 점이 다시 접시 위로 돌아왔다.

"왜 그래? 고기 더 가져올게."

엄마가 고기를 콩의 밥그릇에 다시 올려 주고는 서둘러 부엌으로 달려갔다. 나는 자리에서 일어나 계산대 옆 진열장의 담배 한 갑을 주머니에 찔러 넣었다. 콩이 힐끔 쳐다보았다. 치국이 왜 벌써 일어나냐는 듯 불만이 가득한 눈빛으로 쏘아봤다. 엄마가 돌아오는 소리에 급하게 가게를 나왔다. 곧 입안 가득 음식을 씹으며 치국이 쫓아 나왔다. 치국의 눈썹이 잔뜩 구부러졌다. 큰소리치고 뛰쳐나오긴 했지만 벌써 밖은 앞이 캄캄했다.

"이런 개새끼!"

골목에 들어서자마자 치국의 주먹이 날아왔다. 경험상 주먹을 덜 맞으려면 바닥에 쪼그려 앉아야 했다. 치국은 내게 마지막으로 힘차게 발차기를 날렸다. 헉! 옆구리에 묵직한 아픔이 전해졌다. 한동안 숨이 쉬어지지 않았다.

"내놔!"

제길. 담배는 잊지 않고 챙겼다. 눈앞에 치국의 손바닥이 흔들거렸다. 힘겹게 윗주머니를 뒤적여 담배를 꺼냈다. 담배를 낚아챈 치국은 골목을 유유히 빠져나갔다. 그냥 참고 앉아서 밥이나 먹을걸. 매콤달콤한 주물럭이 생각났다. 벽에 기대어 힘겹게 일어났다. 골목 끝에서 누군가 보고 있었다. 잠시 나를 향해 머물러 있던 시선은 황급히 사라졌다.

대로를 따라 늘어선 상가 앞은 바다였다. 성수기인 여름이 지나고 썰렁해진 거리엔 이젠 선선한 바람이 불었다. 맞은 티를 안 내려면 시간이 좀 필요했다. 골목을 빠져나와 해변과 연결된 계단으로 내려갔다. 가로등 불빛이 닿지 않는 계단 끝쪽에 앉았다. 마지막에 차인 옆구리를 손으로 살살 비볐다. 여전히 뻐근함이 남아 있었다.

바람이 시원했다. 해변 쪽은 아무것도 보이지 않았다. 쏴아 소리와 함께 흰 거품을 물고 바다가 모습을 드러냈다가 사라지길 반복했다.

누군가 계단을 내려오더니 내 옆에 섰다. 고개를 들어 보니 커다란 눈이 껌벅거리고 있었다. 콩이었다.

"이거."

콩이 종이컵을 내 앞으로 내밀었다.

"밥값이다. 고깃값."

콩은 내 옆에 종이컵을 내려놓고 계단을 뛰어 올라갔다. 뭐지? 콩을 향해 손을 들어 올렸다가 옆구리 통증에 한동안 꼼짝 못했다.

계단에 엎드려 있는데 콧속으로 커피 향이 밀려 들어왔다. 천천히 종이컵 뚜껑을 열어 봤다. 콩을 볶은 듯한 구수한 냄새가 코를 자극했다. 깊숙이 냄새를 들이마시고, 뜨거운 커피를 살짝 맛보았다.

"아으, 써!"

뜨겁고 쓴맛에 정신이 번쩍 들었다. 이런 게 뭐가 좋다고 어른들은 손에서 놓지 않는지 이해할 수 없었다. 나는 커피를 계단 옆 풀숲에 쏟아 버렸다. 집에 돌아오자마자 가게를 지나쳐 수돗가로 향했다. 다행히 엄마는 손님을 상대하느라 내게 신경 쓸 여유가 없었다. 우리 집 슈퍼는 대로변 끝에 있는 정사각형의 낡은 1층 건물이다. 건물은 커피숍과 슈퍼로 나눴지만, 건물 뒤쪽에 있는 수돗가와 화장실은 함께 썼다. 슈퍼 안쪽에는 방 하나와 부엌이 있다. 방은 내가 쓰고, 엄마는 계산대 뒤쪽 공간에서 잤다. 부엌에 달린 뒷문을 열면 바로 수돗가였다.

끄응.

수돗가 바닥에 세숫대야를 놓고 쪼그려 앉았다. 옆구리가 아픈 건 가라앉았지만 여전히 불편했다. 차가운 물로 머리를 적시고, 샴푸로 흰 거품을 일으키고 있을 때였다. 누군가 내 엉덩이를 발로 툭툭 건드렸다. 나는 손에 물을 묻혀 눈가에 거품을 닦아 냈다. 찡그리며 눈을 떠 보니 거기 콩이 또 서 있었다.

"왜 기분 나쁘게 발로 건드려?"

손에 묻은 거품을 바닥에 거칠게 튕겨 냈다.

"너는 몇 살이야? 왜 나한테 반말해?"

콩이 날카롭게 눈을 흘기며 또박또박 정확한 발음으로 물었다. 진한 쌍꺼풀 때문에 눈은 더 매서워 보였다.

"그러는 너는, 며…… 몇 살인데?"

콩의 기세에 눌려 말을 더듬었다. 피식, 콩이 입꼬리를 올리며 웃었다.

"내 이름 '응우옌 티 호옹'이다. 너보다 누나다."

이대로 밀리면 안 될 것 같았다.

"호옹이나 콩이나. 씨!"

앉은 채로 허리를 쭉 펴니 키가 비슷했다.

"너 내가 준 커피 다 쏟아 버렸지?"

그걸 또 본 모양이다.

"누가 달랬나?"

그래서 어쩌라고? 맘대로 하라며 다시 쪼그려 앉아 머리에 흰 거품을 부풀렸다. 한동안 뒤통수가 따가웠다. 커피숍

콩

뒷문이 닫히는 소리가 들렸다. 콩은 물엿에 삶아 낸 콩처럼 얌전한 줄 알았더니, 볶은 콩처럼 톡톡 튀었다.

커피숍에서 먹고 자는 콩은 이후로도 우리와 자주 함께 밥을 먹었다. 엄마는 음식을 복스럽게 먹는다며 콩을 예뻐했다. 조그만 덩치가 잘 먹긴 잘 먹었다.

"우리 식구냐고요?"

점심을 같이 먹고, 저녁상 자리까지 마주 앉은 콩을 향해 불편한 기색을 숨기지 않았다. 콩은 쉽게 기가 죽지 않았다. 콩이 점점 볶은 콩의 본색을 드러냈다. 내 구박에도 별 반응 없이 콩은 밥만 잘 먹었다.

콩은 이제 제집 드나들듯 부엌 뒷문을 통해 커피숍과 우리 집을 오갔다. 부엌 바로 옆에 있는 내 방을 지나갈 때는 힐끔거리며 쳐다보기도 했다.

어느 날, 학교에서 돌아왔다가 내 방 책상 앞에 있는 콩과 마주쳤다. 뭔가 찾는 듯 책상을 뒤지고 있었다.

"거기서 뭐 해?"

당황한 콩은 방을 나서며 구두도 제대로 신지 못하고 자꾸 발을 헛디뎠다.

"문이 열려 있어서……."

"그러면 마음대로 들어가도 되는 거야?"

"미안해."

콩은 도망치듯 부엌 쪽으로 달아났다. 혹시? 책상을 뒤져 보았지만, 특별히 없어진 것은 없었다.

2학기 중간고사가 얼마 남지 않은 날이었다. 초저녁부터 스탠드를 켜고 책상에 앉아 있었다. 공부하는 걸 좋아하진 않았지만, 시험 기간에 대한 예의였다. 책은 안 보고 의자에 등을 기댄 채 멍하니 천장만 보고 있을 때였다.

다다닥!

수돗가를 지나 부엌으로 뛰어드는 다급한 발소리가 들려왔다.

덜컹!

방문이 열리더니 콩이 방 안으로 뛰어 들어왔다. 너무 놀라서 의자가 뒤로 넘어갈 뻔했다.

"왜에?"

막을 틈도 없이 콩은 문을 닫고 섰다.

"뭐야? 나가, 나가라고."

콩은 말없이 운동화를 들고 있는 손을 부들부들 떨었다. 두려움에 눈은 초점을 잃고 흔들렸다. 거기에 대고 더 뭐라 말할 수는 없었다.

콩은 책상과 미닫이문 사이의 좁은 공간으로 몸을 구겨 넣더니, 책상 아래 그림자 속으로 자꾸 스며들었다. 작아질 대로 작아진 콩은 무릎을 세워 고개를 묻고 허리를 동그랗게 만들었다. 콩이 내뱉는 위태로운 숨소리에 눌려 나는 아무 말도 하지 못했다.

괜히 수학 문제라도 풀어 보려고 문제집을 펼쳤지만, 숫자가 눈에 들어오지 않았다. 자꾸 썼다 지웠다만 반복했다.

콩

끄득끄득 지우개질을 하다가 애꿏은 종이를 찢고 말았다.

　30분 정도 어색한 시간이 흐르고 공기가 차분히 바닥에 다시 가라앉았다. 드르륵 진동 소리와 함께 어둠 속에 빛이 번쩍였다. 콩의 핸드폰이었다. 콩은 문자를 확인하고는 구겼던 몸을 폈다. 콩이 천천히 몸을 일으켰다. 문밖으로 나갈 줄 알았더니, 몸을 돌려 내 옆으로 다가왔다. 그사이 조금 여유를 찾은 얼굴이었다. 콩은 내 쪽으로 몸을 더 바짝 붙이더니 책상 위 문제집을 살펴보았다. 긴 머리카락이 가까이에서 흔들렸다. 코끝으로 향긋한 커피 냄새가 밀려들어 왔다. 티 나지 않게 냄새를 삼켰다. 콩이 책상 앞으로 바짝 고개를 숙이며 볼펜을 집어 들었다. 콩의 머리카락이 내 볼을 스치는 바람에 의자를 뒤로 빼고 조금 물러났다. 콩은 생각에 빠져서 미간을 살짝 찡그렸다. 내가 풀려다 못 푼 수학 문제를 이내 빈 노트에 풀어내기 시작했다. 콩은 별 막힘 없이 숫자와 기호 들을 적어 내려갔다. 정답을 찾았는지 툭, 마침표를 찍고 볼펜을 던지듯 내려놓았다. 그리고 날 당당히 쳐다보았다.

　"뭐야? 답도 틀렸구만."

　힐끔 정답지의 답을 확인하고 말했다. 콩의 눈이 동그래졌다. 뭔가 말하려는 순간 드륵, 다시 콩에게 문자가 왔다. 콩은 급히 커피숍으로 뛰어갔다. 나는 콩이 써 내려간 숫자들을 보며 괜히 뒷머리를 박박 긁었다.

　다음 날, 슈퍼에 들어서는데 옆집 커피숍 주인아줌마가

엄마와 함께 얘기 중이었다. 얼마나 재밌는 얘기인지 둘은 내가 들어오는지도 모르고 이야기에 빠져 있었다. 소곤거린다고 한껏 목소리를 낮췄지만, 방으로 향하는 동안 다 들려왔다.

"남자가 콩을 찾아왔어. 뻔하지 뭐. 국제결혼하고 도망쳐 다니는 그런 아가씨들 있잖아."

콩에 관한 이야기였다.

"돈도 훔쳐 간 모양이야."

조심하라는 아줌마의 목소리가 귓속을 파고들었다.

"잘 알지도 못하면서 그런 소리 하지 마."

엄마가 말했다.

"그 남자가 그랬다니까. 자기 돈을 가져갔다고."

아줌마의 목소리가 더 커졌다. 방에 들어서려는데 신발이 잘 벗겨지지 않았다. 발을 거칠게 털어야 했다. 겨우 벗겨진 운동화는 상품 진열장 밑으로 떼구르르 굴러 들어가 버렸다.

밤 9시가 넘은 시간, 앞으로 콩을 어떻게 불러야 하나 괜한 고민을 하고 있었다. 콩 부인? 콩 아줌마? 앞으로 안 보고, 안 부르면 되는데 뭔가 서운함 마음이 가시질 않았다. 그때 핸드폰이 띠링 울렸다. 반갑지 않은 치국의 문자다. '두 개' 두 글자만 또렷이 적혀 있다. 입에서 거친 말이 쏟아졌지만, 몸은 저절로 일어나 문밖으로 향했다. 가게 계산대에는 엄마 대신 콩이 앉아 있었다.

콩

"커피숍은 일찍 문 닫았다. 아줌마는 화장실 갔어."

콩이 내 눈빛을 읽고 먼저 대답했다. 나는 담배 진열대로 다가가 담배 두 갑을 집어 들었다. 그때 콩이 내 옆구리 옷을 당기며 고개를 저었다.

"뭐 상관인데? 우리 가게거든."

괜히 또 콩에게 화풀이를 해 댔다. 부엌 쪽에서 엄마가 오는 소리가 들렸다. 얼른 담배를 양쪽 주머니에 넣었다.

"왜? 무슨 일이야?"

엄마가 물었다. 나는 획 돌아서서 가게를 나섰다. 아무것도 아니라는 콩의 말이 뒤따라왔다.

골목 안쪽에 웅크려 앉은 검은 형상이 보였다. 어둠 속에서 빨간 담뱃불이 위아래로 움직였다.

"빨, 리, 다, 녀, 라."

뚝뚝 끊어지는 치국의 목소리에 날카롭게 날이 서 있었다. 다가가면 베일 것 같아서 중간에 멈춰 섰다.

"밤늦게 두 개씩이나 들고나오면 엄마한테 들킨다고."

투덜거리듯 말하고 아차 싶었다. 담뱃불 끝에 달려 있던 빨간 불씨가 툭 소리와 함께 내 얼굴로 튀었다. 앗! 손으로 얼굴을 가렸다. 불씨 대신 무거운 주먹이 배로 날아왔다. 퍽! 허리가 저절로 구부러졌다.

"수호?"

그때 누군가 골목 안으로 들어왔다.

"수호야, 여기서 뭐 하고 있어?"

콩의 목소리였다. 콩은 망설임 없이 골목 안으로 들어와 치국 앞을 막아섰다. 치국이 뒤로 주춤 물러섰다가 콩이란 걸 알고는 코웃음을 쳤다.

"베트콩이 쳐들어 왔…… 아얏!"

치국이 말을 끝내기도 전에 다리를 움켜 쥐고 펄쩍 뛰었다. 콩이 구두 앞코로 치국의 무릎 아래를 걷어찬 것이다.

"이씨."

치국이 거칠게 콩을 떠밀었다. 콩이 담벼락에 세게 부딪쳤다.

"내가 여자라고 봐 줄 것 같아?"

치국이 콩의 멱살을 잡고 한 손을 높이 들어 올리더니 망설임 없이 휘둘렀다.

짜악!

콩의 얼굴이 옆으로 젖혀졌다. 나는 놀라서 벽에 딱 붙어 섰다. 콩은 흐트러진 머리를 뒤로 넘기고 다시 치국을 노려보았다. 치국이 또 손을 들어 올렸다.

"아악!"

이번엔 치국이 손을 털며 외마디 비명을 질렀다. 콩에게 멱살 잡고 있던 손을 물린 것이다. 치국이 콩을 향해 달려들며 발길질을 날리려 했다. 나도 모르게 재빨리 손을 뻗어 치국의 허리를 껴안았다. 발버둥 치는 치국을 끌어안고, 골목 안쪽으로 깊숙이 들어갔다. 치국이 거친 말을 쏟아 내며 몸부림쳤다. 팔에 힘을 주자 치국의 동작이 점점 느려졌다.

"내가 참는다. 이거 봐! 얼른!"

빨개진 얼굴로 치국이 겁주듯 소리쳤지만, 나는 팔에 힘을 빼지 않고 버텼다. 치국에게 내 힘이 먹혔다.

"참아. 쟤, 남편 있어. 깡패라더라."

치국의 귀에 대고 속삭였다.

"나한테 장난쳐?"

"진짜야. 우리 엄마한테 물어봐. 얼마 전에도 찾아왔어. 너 잘못 걸리면 진짜 큰일 난다. 쟤가 왜 저렇게 당당할 것 같아?"

순간 얌전해진 치국의 몸을 풀어 줬다. 치국이 헛기침을 했다. 나는 담배를 치국의 주머니에 넣어 주고는 콩을 데리고 골목길을 빠져나왔다. 콩은 맞은 뺨을 손으로 비벼 댔다.

"그러니까 왜……."

왜 참견이냐는 말은 하지 못했다. 누군가 내 앞에 서 준 건 정말 오랜만이다. 어릴 적에 싸움이 벌어지면 누나가 달려와 줬었는데. 누나가 생각났다.

가게로 들어가려는데 콩이 혼자 바닷가 쪽으로 내려갔다. 아직 치국이 있는데. 혼자 두면 안 될 것 같았다. 콩을 쫓아 바닷가 계단으로 갔다. 콩 뒤로 서너 칸 정도 떨어진 계단에 앉았다. 아무 말도 오가지 않았다. 딱히 할 말도 없었다.

가로등 불빛에 콩의 옆얼굴이 보였다. 콩은 바다를 향해 커다란 눈만 껌벅이고 있었다. 두껍고 기다란 속눈썹 위로 가로등 불빛이 내려앉았다.

"밤이라 바다도 안 보이네. 난 그만 갈래."

나는 바로 집으로 들어가지 못했다. 멀리 떨어진 곳에 있다가 커피숍으로 들어가는 콩을 보고서야 집으로 돌아왔다.

첫날 시험은 잘 넘어갔다. 아는 문제가 제법 있어서 기분이 괜찮았다. 슈퍼에서 물건 계산하느라 바쁜 엄마와는 눈빛만 나누었다. 기분 좋게 방에 들어가 책상 등을 켰다. 책상에 가방을 올려놓고 의자에 앉았다. 양말을 벗어 공처럼 돌돌 말아 벽에 튕겨 내었다. 손에 맞고 떨어진 양말을 주우려고 책상 밑으로 고개를 숙였다.

"으악!"

기절할 뻔했다. 다리가 있었다. 콩이 책상 아래 웅크린 채 잠들어 있었다. 하아! 기가 막혀서 말이 나오지 않았다. 이젠 남의 방에 들어와 세상모르고 잠까지 잔다. 발로 툭 종아리를 건드렸다. 눈을 뜬 콩이 어리둥절한 표정으로 주위를 살폈다. 곧 상황을 깨닫고 벌떡 일어났다.

"아, 미안. 잠깐만 누워 있는다는 게……."

콩은 손바닥으로 입술을 닦고, 얼굴을 매만졌다. 콩의 머리맡에 책들이 있었다. 베개로 쓴 모양이었다.

"남의 물건 맘대로 만지는 게 버릇이야? 그러다 훔쳐서 도망가고……."

콩은 무슨 말이냐는 듯 날 매섭게 노려봤다. 눈길을 피하지 않고 그대로 맞섰다. 한동안 버티고 있던 콩의 눈썹이 아래로 처지더니, 눈가에 그렁그렁 물기를 머금었다. 콩은 도망치듯 방을 나갔다. 쾅! 나는 문을 거칠게 닫아 버렸다.

콩

"콩이 없어졌어!"

다음 날 저녁, 학교에서 돌아오니 엄마가 걱정스럽게 말했다. 그 남자가 또 콩을 찾아온 모양이었다. 전화기도 못 챙기고 도망치듯 빠져나가서는 지금껏 소식이 없다고 했다. 나는 아무렇지 않게 방에 들어와 책상 앞에 앉았다. 혹시나 싶어 몇 번이나 다시 책상 밑을 살펴보았다. '훔쳐서 도망가고…….' 어젯밤 콩에게 했던 말이 떠올랐다. 이번엔 어디 숨은 거야? 잡혀 갔나? 남편에게 끌려갔을지도 모른다고 생각하니 갑자기 마음이 급해졌다. 신발을 구겨 신고 가게를 뛰쳐나왔다. 가까운 피시방에도 가 보고, 다른 커피숍에도 가 보았다. 혹시나 해변 계단에도 가 보았지만, 아무 데도 없었다. 해변에는 이제 차가운 바람이 불었다. 해변을 한 바퀴 돌아 다시 계단에 앉았다. 정신없이 콩을 찾아다니고 있는 내 모습에 괜한 헛웃음이 나왔다.

띠링.

그때 문자가 왔다. 혹시 콩이 문자를 보낸 건가 싶었지만, 아니었다. 그러고 보니 콩은 내 전화번호도 몰랐다.

– 빨리 와.

치국한테 온 문자였다. 개새끼! 욕이 저절로 나왔다. 무시하고 핸드폰을 주머니 속에 넣었다. 조금 이따가 또 문자가 왔다.

– 죽여 버리기 전에 빨리 와라.

이상하게 무섭다는 생각보다 화가 났다. 그래, 죽여 봐라! 계단을 뛰어올라 가 골목으로 향했다. 골목 앞에 치국이 불안한 표정으로 서 있었다. 나를 보더니 반가운 표정까지 지었다.

"남편이 또 찾아왔다면서? 그때 내가 때린 거 실수였어. 너도 알지? 얘기 좀 잘 전해 줘."

치국이 손가락 끝으로 골목 안을 가리켰다. 골목 안쪽 나무 상자 뒤 소파에 콩이 앉아 있었다. 콩의 얼굴을 보는 순간 불씨에 덴 것처럼 가슴 한쪽이 따끔거렸다.

"갈 데가 없었어. 여기 아늑하고 하늘도 예쁘다."

콩이 나를 보고 웃었다.

"에이 씨, 지금 웃음이 나와요?"

걱정했다는 말을 하려다 괜히 벽을 발로 찼다. 아파서 코끝이 찡했다.

"나, 걱정한 거야?"

"그…… 그게 주인아줌마랑 엄마가……. 벽이 얼마나 아픈데."

무슨 말을 하는지도 모르게 주절댔다.

"맨날 숨지만 말고 차라리 멀리 도망가던가."

"그러니까……."

콩은 억지로 짓던 미소를 거두고 소파에 기대어 하늘을 바라봤다. 그리고 한동안 그대로 하늘에서 눈을 떼지 못하고 있었다. 나는 말없이 벽에 기댔다. 툭툭! 운동화로 파낸

콩

땅이 제법 깊어 갈 때쯤 콩이 자리에서 일어났다.

다음 날, 콩은 아무 일도 없던 것처럼 가게에 나타났다. 시장에 다녀왔는지 양손에 든 봉투 밖으로 채소 같은 것이 삐져나와 있었다.

"오늘 저녁은 제가 해 드릴게요."

콩이 종이봉투를 들어 올리며 환하게 웃었다.

콩은 우리 집 부엌을 차지했다. 베트남 요리를 생각하니 쌀국수가 제일 먼저 떠올랐다. 무슨 맛일까? 어떤 음식을 만들지 은근 기대가 되었다. 부엌에서 뚝딱거리는 분주한 소리가 한참을 들려왔다. 구수하고 달짝지근한 냄새가 내 방으로 밀려들어 왔다. 티를 내면 안 되는데 배 속이 시끄럽게 계속 울어 댔다.

저녁상이 차려졌다. 기대를 하고 한달음에 달려가 마주한 상차림은 실망이었다. 한가운데 갈비찜이 놓여 있고, 계란말이와 참치김치볶음, 금방 버무린 듯한 연록의 무침 몇몇이 전부였다. 흰쌀밥 옆에는 기대한 쌀국수가 아니라 소고기미역국이 놓여 있었다.

"뭐야, 다 먹어 본 거잖아?"

퉁퉁거리는 내게 엄마가 눈을 찡그렸다.

엄마는 정말 오랜만에 남이 차려 준 밥상 앞에 앉았다. 요리는 괜찮았지만, 엄마는 말없이 밥만 먹었다. 괜히 나까지 눈치가 보였다. 셋이 둘러앉은 밥상이 조용한 건 처음이었다.

"아줌마 밥 먹으면 엄마가 떠올랐어요. 감사합니다."

콩이 예의를 차리며 깊이 고개를 숙였다. 그럼 매일 같이 먹자며 엄마가 웃었지만, 콩의 얼굴엔 왠지 그늘이 보였다. 나와 눈이 마주친 콩은 다시 머리를 숙이고 인사를 했다. 얼떨결에 나도 머리를 숙였다.

그날 밤, 쉽게 잠이 오지 않아 한참을 뒤척이다가 얼핏 잠이 들어갈 때쯤이었다. 급한 발자국 소리가 들리더니 부엌문이 열렸다.

끼이익.

방문 틈으로 작은 발 하나가 들어왔다. 맨발이었다. 발목이 부러질 듯 얇고 가느다란 것을 보니 콩의 발이었다. 콩은 방문을 닫고 방 안 구석으로 가 몸을 웅크리고 숨었다. 어둠 속에서도 떨림이 그대로 전해졌다.

"이년이 또 어디로 도망친 거야?"

이내 창 너머 수돗가에서 남자들의 굵은 목소리가 들려왔다. 콩은 뚫고 들어갈 듯 바닥에 납작 엎드렸다.

쾅쾅쾅!

쩍!

나무문이 부서지는 소리가 들렸다.

"무슨 짓이에요!"

엄마가 부엌으로 달려오며 소리쳤다.

콩은 어쩔 줄 모르며 두리번거리다 나와 눈이 마주쳤다. 콩의 눈빛에 다급함이 그대로 느껴졌다. 나는 덮고 있던 이불을 활짝 젖혔다. 그리고 콩을 향해 고개를 끄덕였다. 이불 속에 숨으라는 말을 이해했는지 콩은 머뭇거리며 고개를 저었다.

쾅쾅.

남자가 내 방 문을 두드렸다. 놀란 콩이 방바닥을 미끄러지듯 기어와 이불 속 내 등 뒤로 숨었다.

덜커덩.

방문이 열리고 낯선 남자 어른이 불쑥 들어와 방 안을 둘러보았다. 볼이 움푹 들어가고 깡마른 게 신경질적으로 보였다.

"누…… 누구세요?"

나는 이불을 살짝 들추고, 상체를 조금 일으켰다.

"왜 남의 방에 맘대로 들어오고 그래요?"

엄마가 아저씨 앞을 막아섰다. 아저씨는 포기하지 않고 책상 밑이며, 옷걸이 뒤쪽까지 재빠르게 방을 둘러보더니 이불에 시선을 멈추었다. 이불 안을 투시할 듯 눈빛이 날카롭게 빛났다. 콩은 이불 속 내 몸 뒤로 딱 달라붙었다. 아저씨는 다시 한번 방을 훑어보더니 가게로 발길을 돌렸다. 남자들은 막무가내로 부엌이며 가게를 뒤지고 다녔다.

다시 이불을 덮고 누웠다. 등 뒤로 떨고 있는 콩의 몸이 그대로 느껴졌다. 내 등에 맞대고 있는 이마의 딱딱함과 손바닥의 축축함, 내 다리와 닿은 맨발의 따뜻한 체온이 전해졌다. 남자들의 목소리와 구둣발 소리가 조금씩 멀어졌다.

가게 안이 조용해지자 콩은 꼭 붙이고 있던 몸을 슬그머니 떼었다. 콩이 이불 밖으로 나가려 했다. 나는 이불을 꽉 잡고 힘을 줬다. 아직 움직일 때가 아니란 걸 콩도 알고 있는 듯 곧 잠잠해졌다. 나는 새우잠을 자듯 옆으로 누웠다. 내 등 뒤로 콩의 숨결이 느껴졌다. 왜 그런지 이대로 더 있고 싶다는 생각이 들었다.

"남편……이에요?"

저절로 존댓말이 나왔다.

"……."

콩은 몸을 뒤척여 조금 뒤로 물러났다. 그리고 엉뚱한 말을 했다.

"아줌마랑 밥 먹는 거 좋다. 우리 엄마 밥 같아. 여기가 좋아서 다른 곳으로 가고 싶어도 그러지 못했다."

콩이 내 등에 이마를 대고 속삭였다. 도망가라는 말은 진심이 아니었다고 말하고 싶었는데 마른침만 꿀꺽 삼켰다.

"엄마랑 나, 그리고 우리 누나. 매일 우리 세 식구가 밥을 먹었어요. 어느 날…… 누나가 사고로 떠나고 밥상에 둘만 남았죠. 사람의 빈자리가 밥 먹을 때 제일 잘 드러나나 봐요. 엄마는 나랑 둘만 있으면 아직도 밥을 잘 못 먹어요. 누나 생각이 나는 것 같아요. 그러다 언제부턴가 다른 사람들이 우리 밥상에 앉더라고요. 시끌벅적한 상이라야 엄마도 밥을 먹을 수 있었나 봐요."

콩이 이불 밖으로 손을 내밀어 내 뒤통수를 천천히 쓰다

들어 주었다. 그렇게 한동안 침묵이 이어졌다.

흠흠.

콩이 목을 가다듬고 다시 말을 꺼냈다.

"나, 이름이 두 개야. 한국 이름은 김민주. 아빠가 지어 주셨어."

몸이 먼저 움찔했다.

"아빠요?"

"날 찾는 사람 우리 아빠야. 아빠가 베트남에 계실 때 내가 태어났어. 일곱 살 때까지 함께 살다가 아빠가 귀국하고부터 연락이 안 되었다."

"그래서 한국말을 잘하는구나."

"엄마가 한국말 계속 배우라고 했어. 아빠가 좋아하던 갈비찜 만드는 것도 알려 줬고. 아빠를 만나면 정성껏 상을 차려 주고 싶었어. 엄마는 죽기 직전까지 아빠를 믿고 기다리다 작년에 돌아가셨다."

콩은 엄마 얘기를 한 뒤 한동안 말을 잇지 못했다.

"엄마 소식을 전하자 아빠가 먼저 연락해 왔다. 한국에 오면 공부시켜 준다고 말했어. 나 정말 한국에서 공부하고 싶었다."

콩이 내 방에 들어왔을 때 책상 위에 책과 문제집 들을 꺼내 두었던 게 떠올랐다.

"그럼 혹시 가끔 내 방에 드나든 이유가?"

"여기 학생들은 어떤 공부하는지 궁금했어. 미안하다."

"말하지."

"그런데 아빠는 다른 생각이 있었다. 엄마에게 줬다는 돈 얘기를 자꾸 꺼냈다. 나중에 가족의 인연을 끊으려고 줬던 돈이 있다는 걸 알았어. 그게 필요해서 나를 다시 찾았던 것 같다."

콩의 목소리는 금방이라도 증발할 것처럼 아슬아슬했다.

"나중엔 돈 내놓으라고 매일 때렸어. 그래서 여기까지 왔다."

긴 한숨이 등을 타고 바닥에 내려앉았다. 뜨거운 숨결에 내 몸이 살짝 움츠러들었다.

"너도 매일 맞는다. 왜? 너는 그 애보다 키도 더 큰데."

"그게…… 싸움은 덩치랑 상관없더라고요. 근데 이번에 치국이 말리다가 나도 힘이 많이 세진 걸 알았어요. 다음엔 맞고만 있진 않을 거예요."

뒷머리에 콩의 손길이 느껴졌다. 콩이 천천히 내 머리를 쓰다듬어 주었다. 부드러운 손길에 눈이 저절로 감겼다. 이 대로 계속 있었으면 했는데 콩이 이불을 들치고 일어났다. 몸을 뒤척여 콩을 바라봤다.

쾅!

밖에서 문 닫히는 소리가 들렸다. 콩이 놀라 다시 이불 속으로 뛰어들어 왔다. 얼떨결에 콩이 내게 안겼다. 내 턱 밑에 쏙 들어온 콩의 머리에서 커피 냄새가 났다. 콩은 숨을 죽이고 몸을 동그랗게 움츠렸다. 이번엔 내가 콩의 머리카

콩

락을 조심스럽게 쓸어 넘겨 주었다. 머리카락 속에 숨어 있던 동그란 귀가 드러났다. 손날 끝에 콩의 귀가 닿았다. 콩이 놀라 몸을 움츠렸다. 닿을 듯 말 듯 손가락 끝으로 귓바퀴에서 귓불로 미끄러지듯 천천히 쓸어내렸다.

시간은 멈추고 세상에는 콩과 나 둘만 있는 것 같았다. 콩의 숨소리가 규칙적으로 들려왔다. 나도 거기에 맞춰 숨을 내쉬었다. 오랫동안 꼼짝하지 않고 그러고 있었다. 긴장감 속에서도 자꾸만 눈꺼풀이 내려앉았다. 눈을 치켜떴지만 소용없었다. 콩이 이불 밖으로 나가는 게 느껴졌다. 가지 말라고 말하고 싶었는데 이미 잠에 빠져들고 있었다.

'우리 셋이 매일 저녁 함께 먹어요.'

얘길 하고 싶은데 입이 떨어지지 않았다. 눈은 자꾸 감겨오고 입은 더 단단히 굳어만 갔다. 콩의 모습이 점점 흐려져 갔다.

콩이 보이지 않았다. 학교 갔다 오는 길에 커피숍을 들여다봤지만 없었다. 바닷가에도 골목 안에도 콩은 보이지 않았다. 그래도 여느 날처럼 저녁때가 되면 나타날 거였다.

저녁상은 오랜만에 삼겹살구이였다. 상추쌈에 된장찌개, 돌솥 위로 부풀어 오른 노릇노릇 계란찜과 바삭한 김도 있고 파릇한 풋고추도 먹음직스러웠다. 상을 앞에 두고 엄마와 나는 콩이 드나드는 부엌문 쪽만 계속 바라보았다. 높이 솟아 있던 계란찜이 힘없이 자꾸만 푹푹 꺼져 갔다.

빈 콩 껍질처럼 콩은 빈자리만 남기고 그렇게 떠나 버렸
다.

비의 경계선

●

"엄마랑 나 사이에는 경계선이 없거든.
학교에 있어도, 내 방에 숨어도,
어디에 있든 난 엄마를 벗어날 수 없어."

비가 일주일째 쏟아졌다. 구름 우산을 쓴 하늘은 구멍 난 듯 계속 비를 쏟아부었다. 축축한 바지를 털며 수학반 교실로 들어왔다.

기이잉.

에어컨은 수염처럼 달린 종이를 힘차게 흔들었다. 할 일을 하고 있다고 몸부림쳤지만, 더위와 눅눅함을 쫓지는 못했다. 축축함과 습한 공기에 기분은 밑바닥까지 떨어졌다. 오늘은 어떻게 버틸지 걱정이 되었다.

교실 한가운데에는 늘 지정석처럼 비워진 내 자리가 있다. 모두가 나의 존재를 볼 수 있는 그 자리에 가 앉았다.

난 각종 수학 경시대회와 올림피아드에서 최고상을 받으며 수학 천재로 인정받았다. 수학 천재가 듣는 수업은 아줌마들의 입소문을 타고 북적였다. 그들은 그들의 자녀가 수학 천재와 같은 수업을 듣는 것만으로 성적이 상승하기를 기대했다. 하지만 뜻대로 되지 않는 모양이다. 서너 달 만에 수학반 학생들은 썰물처럼 빠져나갔다. 이제 몇 명 남지 않았다.

"(2x-y)+4x····· 다항식의····· 2x-y······."

더운 날씨에 모자까지 눌러쓴 선생님은 아이들 눈치를 살피며 더듬더듬 숫자와 기호들을 쏟아 냈다. 질서 없이 쏟아 낸 숫자는 학생들을 어리둥절하게 만들었다. 아이들 반응에 민감한 선생님은 안쓰럽게 땀을 뻘뻘 흘렸다. '뭔 소리야?' 상대가 들었으면 하는 속삭임이 교실에 퍼졌다. 여기저기 키득거리는 웃음이 번졌다. 교실 분위기가 흐트러질수록 선생님의 설명은 꼬일 대로 꼬여 갔다.

후유.

한숨이 나왔다. 나는 가방 속에서 영어 문제집을 꺼내 수학 교재 밑에 슬쩍 끼워 넣었다. 귀를 막고 눈도 감고 싶지만, 난 수학 천재니까 그럴 순 없었다. 이 시간을 버틸 수 있는 유일한 방법은 딴짓이었다.

톡! 톡!

그때 누군가 볼펜으로 내 무릎을 건드렸다. 옆자리로 고개를 돌렸다. 누구더라? 같은 반 친구였다. 근데 이름이 떠오르지 않았다. 아니면 원래 몰랐거나. 친구 같은 거 없어도 그만이다.

"이거 봐 봐."

선생님의 눈치를 살피며 친구가 책상 밑으로 핸드폰을 내밀었다. 화면 속에 영상이 보였다. 뭐지? 거세게 물이 쏟아지는 폭포 영상이었다.

"인공 강우 때문에 생긴 아주 핫한 곳이야."

폭포가 아니었다. 자세히 보니 쏟아지는 물줄기가 벽처럼 길을 가로막고 서 있었다.

"곧 인공 강우를 멈춘대. 그럼 여기 비의 경계선도 사라질걸? 저기⋯⋯."

비의 경계선? 그러고 보니 화면 속 영상에는 비가 내리는 곳과 햇살이 비치는 곳의 경계가 또렷했다. 비의 경계선이라니 신기했다.

"김이주!"

갑자기 선생님이 소리쳤다. 날카로운 외침에 교실의 모든 눈이 나를 향했다. 선생님은 곧장 내 자리로 쫓아왔다. 선생님의 시선이 영어 문제집에 멈췄다.

"너!"

분노로 가득 찬 눈이 나와 문제집을 번갈아 보았다. 선생님이 문제집을 빼앗으려 했다.

"그냥 두세요."

선생님한테 문제집을 빼앗기지 않으려다가 실랑이가 벌어졌다. 힘껏 문제집을 들어 올렸다. 툭! 하필 선생님의 모자 챙을 치고 말았다. 모자가 벗겨지고 선생님의 머리가 드러났다. 교실은 숨소리도 들리지 않을 만큼 조용해졌다. 선생님 머리는 머리카락이 군데군데 빠져 꼭 축구공처럼 보였다.

"김이주, 너!"

얼굴이 물감 번지듯 점점 붉어졌지만, 선생님은 담담히

모자를 주워 다시 쓰고 나를 내려보았다. 입술을 꾹 다물었지만 떨림은 감추지 못했다.

"……."

나도 더는 참지 않았다. 지지 않고 벌떡 일어나 선생님과 눈을 맞췄다. 교실 한가운데서 선생님과 난 한참 동안 그렇게 있었다. 먼저 말을 꺼낸 건 나였다.

"선생님, 가르치는 거 그만하시죠!"

놀란 아이들 입이 쩍 벌어졌다. 교실은 한순간 싸늘한 긴장감에 휩싸였다.

가방을 챙겨 어깨에 멨다. 끼이익! 거칠게 책상을 밀쳐 내고 교실을 빠져나왔다. 뒤에서 선생님 목소리가 쫓아왔다. 무슨 말인지 알 수 없었다.

1층 로비를 지나 건물 밖으로 나왔다. 비와 함께 오색의 빛이 쏟아져 내렸다. 건너편 건물 전광판에 구름 우산 광고가 보였다.

'구름 우산 쓰실래요?'

각종 미디어에는 구름 우산의 홍보가 넘쳐 났다. 비가 필요한 지역이 있으면 범위를 설정하고 인공 강우 기계 장치를 통해 '구름 우산'을 씌웠다. 뭉게뭉게 구름이 만들어지면 물방울 입자의 생성을 돕는 전파를 쏴서 비를 내리게 했다. 구름 우산의 영역에 들어가면 가뭄 걱정은 필요 없었다. 도시는 지금 비의 경계선 안에 갇혀 있었다.

"너, 내 이름은 아냐?"

누군가 내 옆으로 다가와 물었다. 아까 그 애였다. 이름도 모르는 같은 반 친구.

"그럴 줄 알았다. 난 현수. 강현수. 우리 같은 반인 건 알지?"

나는 말없이 고개만 끄덕였다. 모른다는 말처럼 하기 싫은 말은 없었다. 별일 아니라는 듯 현수는 환하게 웃었다.

"가르치는 거 그만하시죠? 와! 너 대박 싸가지 천재다. 구멍 빵빵 대머리 선생님, 충격받아서 수업 끝냈다. 덕분에 겨우 죽다 살았⋯⋯."

말 많은 건 딱 질색이다.

"그래서 뭐?"

쏟아 내던 말이 쏙 들어갔다. 녀석은 머뭇거리다 심각한 얼굴로 물었다.

"비의 경계선에 가 볼래?"

영상을 보는 순간 가 보고 싶었다. 지하철을 타면 그렇게 멀지 않은 곳이었다. 어차피 갈 곳도 없었다. 어디든 벗어나고 싶었다. 하지만 둘이 아니라 혼자가 더 좋다. 이 녀석과 함께 갈 일은 없다.

"너나 가!"

쿠쾅쾅쾅.

빛이 번쩍하더니 잠시 후 천둥이 울렸다. 하늘에는 회색빛 구름이 뭉글거리며 끓어오르고 있었다. 비는 점점 더 거세졌다. 서둘러 나오느라 교실에 우산을 놓고 왔지만 상관

없었다. 이미 온몸은 축축하게 젖어 있었다. 빗속으로 뛰어들었다. 일부러 물웅덩이를 찾아 텀벙거리며 지하철역으로 향했다. 뒤에서 녀석이 쫓아오며 소리쳤다.

"사진 한 방만 같이 찍자!"

사진? 갑자기 뭔 소린지. 더 힘껏 뛰었다.

헉헉헉.

숨이 차오를 정도로 뛰다 보니 지하철역 출구 계단이 보였다. 막 도착하려는 순간, 슝! 누군가 내 옆을 스쳐 뛰어갔다.

"1등! 난 달리기 천재!"

녀석이다. 출구 계단에 선 녀석은 숨을 고르며 활짝 웃고 있었다. 시합인 줄 알았으면 지지 않았다.

녀석을 지나쳐 계단을 내려왔다. 역사 안에는 사람들이 많지 않았다. 열차를 타려고 내려가는 중간중간 천장에서 빗물이 떨어져 내렸다. 마침 목적지 방향으로 가는 열차가 들어왔다. 문이 닫히기 직전 열차로 뛰어들었다. 문이 닫혔지만, 녀석은 없었다. 다행이다. 이겼다.

"너도 거기 가는구나!"

재빠르고 끈질긴 녀석이었다. 다른 칸으로 탔던 모양이다. 녀석이 내 쪽으로 다가왔다. 흠뻑 젖어 이마에 달라붙은 녀석의 머리카락에서 물이 뚝뚝 떨어졌다. 사람들 시선은 상관없는 듯했다.

"대, 사, 천."

굵고 낮은 목소리로 알 수 없는 말을 중얼거리며 녀석이 다가왔다. 순간 난 주춤주춤 뒷걸음쳐 출입구 유리창에 등을 붙였다.

"대사천! 너한테 한 소중한 목숨이 달렸다는 걸 기억해라."

녀석이 심각한 얼굴을 바짝 들이밀며 말했다.

"뭔 소리야? 장난치지 마라."

녀석은 어깨를 으쓱하더니 금방 해맑은 표정으로 웃었다.

"대박 싸가지 천재. 대사천! 오늘부터 네 별명이다. 맘에 드냐?"

부르든지 말든지. 나는 고개를 돌려 창밖을 보았다. 녀석과 나는 출입문 양쪽에 마주 섰다. 열차는 어두운 터널 속으로 빨려 들어갔다.

비의 경계선을 검색했다. 핸드폰 화면 속 지도를 확대했다. 지도 속에는 빨간색 동그란 원이 그려져 있었다. 한 도시가 거의 구름 우산 속에 포함되어 있었다. 비의 경계선으로 유명한 곳은 도시 외곽에 위치한 산등성이에 있었다.

목적지이자 종점까지는 일곱 정거장이었다. 평일 오후인데다 종점과 가까운 곳이어서 열차 안에는 사람들이 그리 많지 않았다. 맞은편에 앉은 가족이 눈에 띄었다. 유치원생 정도로 보이는 꼬마는 허리에 튜브를 끼운 채 앉아 짧은 다리를 흔들었다. 아이 옆에 앉은 엄마와 아빠도 피서지에 가는 차림새였다. 아저씨는 비오는 날 선글라스까지 끼고 있었다.

"폭포처럼 비가 막 쏟아져. 하늘에서 내리는 폭포라고 생각해 봐. 엄청나지?"

아줌마는 손을 위아래로 흔들어 가며 아이에게 설명했다. 그들과 최종 목적지가 같다는 걸 알 수 있었다.

열차는 터널을 빠져나와 지상 위를 달렸다. 아까보다 더 많은 비가 내리고 있었다. 먹색의 짙은 구름은 계속 비를 쏟아 냈다.

오후 3시가 조금 넘은 시간이지만, 밖은 해가 진 것처럼 어두웠다. 달려도 달려도 어둠은 끝날 것 같지 않았다. 비의 끝을 찾아가면 밝은 해를 볼 수 있을까? 호기심 중간중간 교실에 남은 선생님이 떠올랐다. 내가 너무 심했나?

"수학 선생님, 순 엉터리 같지?"

불쑥 말을 건 녀석을 째려보았다. 뭔가 알고 묻는 것 같진 않았다.

"엉터리 아냐. 진짜 수학 천재는 선생님이야."

"수학 천재가 문제 푸는데 그렇게 헤매고 땀까지 삐질삐질 흘리냐?"

"선생님이 맘에 안 들면 네가 딴 데로 가."

뿌옇게 흐린 창밖에 시선을 고정한 채 말했다. 창으로 삐죽거리는 녀석의 입이 보였다.

"나도 그러고 싶은데 수학 천재 때문에 꼼짝 못 한다. 우리 엄마가 수학 천재만 졸졸 따라다니란다. 흐흐흐."

녀석은 웃는 건지 우는 건지 알 수 없는 웃음소리를 냈다. 창에 비친 모습으론 표정을 알 수 없었다.

두 정거장 남겨 둔 역에서 할머니 한 분이 열차에 탔다. 할머니는 커다란 파란색 양동이를 손에 들고 있었다. 할머니 얼굴은 화가 잔뜩 담긴 표정이었다.

할머니는 맞은편 가족들을 뚫어지게 바라보며 얼굴 주름을 더 깊게 만들었다. 아이의 아빠가 허공에서 헤엄치는 시늉을 했다. 어푸어푸. 아빠의 익살스런 행동에 엄마와 아이는 웃음을 참지 못했다.

쿵!

할머니가 갑자기 양동이를 바닥에 세게 내려놓았다. 소리에 놀란 가족들은 얼음이 되어 동작을 멈추었다. 할머니는 쯧쯧쯧 혀를 차며 고개를 저었다.

"다음 역은 이 열차의 종점입니다."

종점을 알리는 안내 방송이 이어졌다. 창밖 풍경이 굵은 빗줄기에 가려 흐리게 보였다. 날씨 정보를 찾아봤다. 별다른 소식은 없었다. 정말 비의 경계선을 볼 수 있을까? 며칠째 이어지는 빗줄기에 이제 숨까지 막혀 왔다. 커튼을 걷어 다른 세상이 펼쳐진 곳으로 가고 싶다.

끼이익 끼익.

열차의 속도가 조금씩 줄어들었다. 서행하던 열차는 선로 중간 허허벌판에 멈춰 섰다.

"역내 침수로 인해 잠시 운행을 멈추었……."

비의 경계선

안내 방송이 이어졌다. 정보를 검색하던 녀석이 뭔가 찾아냈는지 내 눈앞으로 핸드폰을 내밀었다.

'구름 우산 이상 징후!'

실시간 소식이었다. 자세한 내용은 없이 긴급 속보만 전하는 기사였다. 구름이 구름을 불러 모으고 있다거나, 구름 우산을 조절하는 컴퓨터에 오류가 생겼다는 댓글도 있었다. 진위 여부를 확인할 수 없는 글이지만, 불안감을 동반했다.

타다닥닥! 탁탁!

들리는 건 오로지 열차 지붕과 차창을 두드리는 빗소리뿐이었다. 타닥 탁! 빗소리가 이렇게 무섭게 들리는 건 처음이었다. 누군가 밖에서 자갈을 던지는 것 같았다. 어느새 녀석과 나는 한쪽에 딱 붙어 섰다.

사람들이 하나둘씩 열차에서 내려 선로를 따라 걸어갔다. 왔던 곳으로 돌아가는 사람도 있었지만, 대부분은 종점을 향했다. 어쩔 줄 몰라 망설이는 사이에 열차에는 몇 명 남지 않았다.

"비가 너무 많이 오는데? 혹시 구름 우산을 철수하는 거 아냐?"

나도 한편으론 녀석처럼 비가 멈출까 봐 걱정도 되었다.

"그게 가능하면 벌써 며칠 전에 조정했겠지. 뭔가 단단히 잘못된 게야."

할머니는 하늘을 보며 혼잣말하듯 중얼거렸다.

하늘에선 우르릉 쿵쾅 천둥 번개까지 쳤다. 꼬마가 놀라서 엄마 품속으로 숨었다.

드르르륵. 어디선가 진동이 울렸다. 녀석의 핸드폰이었다.

"아! 엄마."

발신인을 확인한 녀석의 얼굴이 순간 일그러졌다. 장난꾸러기 같던 표정은 사라졌다. 받을까 말까 망설이던 녀석은 핸드폰을 다시 가방에 넣어 버렸다. 전화는 한동안 계속 울렸다.

멈춘 지 30분 가까이 지났지만, 열차는 꼼짝도 하지 않았다. 이제 객차 안은 거의 텅 비었다. 맞은편의 가족들은 아직 남아 서로 부둥켜안고 있었다.

"에구구, 더는 못 기다리겠구면."

할머니가 자리에서 일어나며 앓는 소리를 했다.

"이 빗속에 아래쪽으로 내려가는 건 위험해. 지금은 위쪽으로 가는 게 안전하네. 날 따라오게."

할머니가 내 쪽을 보며 명령하듯 말했다. 내 뒤에는 아무도 없었다. 할머니는 등에 멘 배낭을 다시 고쳐 메고, 손에 파란 양동이를 꼭 쥐었다. 위쪽은 비의 경계선이 있는 곳을 말하는 것 같았다.

"거기 식구들은 어쩌겠소? 아이가 있으니 어쩌나!"

할머니는 망설임 없이 선로로 뛰어내렸다. 씩씩한 동작이었다. 할머니 모습이 빗속에 가려져 갔다.

"여보, 밖은 위험해. 비가 장난이 아니란 말이야."

비의 경계선

아줌마가 따라나서려는 아저씨를 붙잡았다.

"여보, 그래도 가 보자. 언제 또 이런 기회가 올지 몰라."

아저씨가 자리에서 일어났다. 촤라락! 지팡이를 펼치고 더듬더듬 입구를 찾아 움직였다. 아저씨는 앞이 보이지 않았다. 비 오는 날 선글라스를 낀 이유였다. 맞은편 가족도 할머니를 따라가려는 모양이었다.

"아저씨, 비의 경계선 가시는 거죠? 우리도 가니까 좀 도와드릴게요."

녀석이 내게 어깨동무를 하고 말했다. 아저씨가 소리 나는 곳으로 고개를 돌렸다. 선글라스에 우리 모습이 비쳤다. 나도 모르게 고개가 끄덕여졌다.

나는 아저씨의 한쪽 손을 잡아 열차에서 내리는 걸 도왔다. 녀석은 아래에서 가족이 내려오는 걸 도왔다. 마지막으로 내가 열차에서 뛰어내렸다.

철퍼덕!

빗물은 이미 열차 선로를 삼키고 발목 위로 찰랑거렸다. 앞서간 할머니를 놓치면 안 될 것 같았다. 우리는 서둘러 선로를 따라 움직였다.

떨어지는 비의 무게가 느껴졌다. 두두둑, 머리와 어깨로 쏟아지는 무거운 빗방울을 헤치고 앞으로 나가는 건 쉽지 않았다. 비에 가려서 보이지 않던 할머니가 시야에 들어왔다. 할머니는 멈춰 서서 우릴 기다리고 있었다.

철벅철벅.

할머니가 앞장서서 걸었다. 우린 말없이 할머니 뒤를 바짝 쫓았다. 종점이 보일 때쯤 호루라기 소리가 들렸다. 역무원이 감전 위험이 있다며 역사 안으로 들어오는 것을 막았다.

"이쪽으로 가자."

할머니가 주위를 빙 둘러보더니, 가는 길을 찾은 듯 망설임 없이 선로 아래로 내려갔다. 나는 할머니를 따라 비스듬한 둔덕으로 발을 디뎠다. 둔덕에 쌓여 있던 흙이 순식간에 뭉개지듯 흘러내렸다. 벌러덩 미끄러지며 그대로 물웅덩이 속에 빠져 버렸다.

어푸어푸.

웅덩이가 깊었다. 발이 바닥에 안 닿았다. 당황해서 팔을 정신없이 허우적거렸다. 입속으로 물이 한꺼번에 밀려들어 왔다. 허우적대던 손을 누군가 잡아챘다.

"괜찮아?"

녀석이었다. 내 손을 잡고 웅덩이 밖으로 끌어내 주었다. 웅덩이 물은 허리춤까지밖에 차오르지 않았다. 갑작스런 상황에 겁을 먹었던 모양이다. 얼굴의 물을 쓸어내리다 녀석과 눈이 마주쳤다. 녀석은 웃음을 감추지 못했다. 나도 따라 웃고 말았다.

아줌마는 꼬마를 안고 할머니를 쫓았다. 아저씨는 아줌마 옷을 움켜쥐고 머뭇거림 없이 따라갔다. 우린 그 뒤를 쫓았다.

도심 외곽의 한적한 거리는 온통 물에 잠겨 있었다. 길이 어디인지 알 수 없었다. 물이 빠르게 발목을 휘돌아 흘러갔다. 묵직한 물살에 중심이 흔들려 몸이 휘청였다. 한 발 내딛는 것도 만만치 않았다.

불 꺼진 건널목 신호등을 보고 우리가 서 있는 곳이 도로란 걸 알 수 있었다. 할머니는 신호등 기둥 옆에 서서 주위를 둘러보았다. 흐릿한 시야로 건물들이 눈에 들어왔다. 도로 건너편은 건물을 짓다가 공사를 멈춘 곳이 많았다. 할머니는 상점들이 보이는 오르막 쪽을 손가락으로 가리켰다.

상점 주인들은 입구에 모래주머니를 쌓고 가게 안으로 들어온 물을 퍼내느라 바빴다. 물은 모래주머니 위로 곧 넘쳐 날 듯 아슬아슬해 보였다.

"잠시만 쉬어 가세."

할머니는 처마 밑 화단 위로 올라섰다. 화단 위로는 아직 물이 넘치지 않았다. 잠시 거센 비를 피할 수 있었다.

"비 내리는 곳을 벗어나려면 아직 멀었어요?"

아줌마가 할머니에게 다가와 물었다.

"산 쪽으로 제법 올라가야 해."

할머니가 빗줄기에 가려 잘 보이지 않는 산 쪽을 가리켰다.

"우린 그럼 여기서 도움 줄 사람들이 올 때까지 기다려야겠어요."

아줌마가 아이 얼굴에 흘러내리는 빗물을 닦아 주며 말

했다.

"이대로면 여기도 금방 잠길 텐데? 위쪽으로 가야 해."

할머니는 단호했다.

"네, 그러겠습니다. 우리 아이에게 '비의 경계선'을 꼭 보여 주고 싶거든요."

아저씨의 목소리는 간절했다. 아줌마가 한숨을 내쉬었다.

"학생들도 딴 곳으로 샐 생각 말고 잘 따라와."

우리는 고개를 끄덕였다.

계속 비를 맞았더니 입술이 덜덜 떨렸다. 우린 처마 밑에 누가 먼저랄 것 없이 서로 딱 붙어 앉아 잠시 숨을 돌렸다. 비는 하염없이 쏟아져 내렸다.

"나, 선이 필요했어. 경계선을 넘어 벗어날 곳이 있다면 그곳에서 좀 쉬고 싶어."

녀석이 담담한 목소리로 바닥에 선을 그으며 말했다. 갑자기 바뀐 분위기에 나는 쉽게 대답을 못 하고 눈만 마주쳤다.

"엄마랑 나 사이에는 경계선이 없거든. 학교에 있어도, 내 방에 숨어도, 어디에 있든 난 엄마를 벗어날 수 없어."

녀석이 말을 이었다.

"그때 비의 경계선 얘길 들었어. 왠지 비의 끝을 뚫고 나가면 현실에서 벗어날 수 있을 것 같았어. 그래서 그곳에 가고 싶었는데…… 무서웠어."

현수의 표정이 엄마한테 전화 왔을 때처럼 일그러졌다.

비의 경계선

"엄마가 그렇게 무서워?"

현수는 고개를 숙인 채 아무 말도 하지 않았다. 앞으로 현수 이야기를 들어 줄 시간이 있을 것 같아 더 묻지 않았다.

"난 아빠가 문제야."

내 말에 현수가 고개를 들었다.

"왜? 아빠가 너 때려?"

"아빠를 내가 때렸지. 그것도 아주 아프게."

응? 현수의 눈이 동그래졌다.

"사실, 수학반 샘이 우리 아빠야."

현수를 보며 쓸쓸한 미소를 지었다.

"내가 아줌마들 사이에서 수학 천재로 나름 유명하잖아. 매일 인형처럼 교실에 앉아 있기만 해도 수강생이 늘었어. 근데 우리 아빠 진짜 못 가르치긴 하더라. 뭉텅뭉텅 아이들이 빠져나갔잖아. 그때마다 아빠 머리카락도 뭉텅이로 빠지고."

현수가 고개를 끄덕이다 내 눈치를 보더니 얼른 멈췄다.

"우리 아빠, 사실 진짜 실력 있는 수학자야. 보통 사람들이 뭘 모르는지 그걸 잘 몰라서 문제지. 내가 아빠를 가르쳐 줄 수도 없고……. 그냥 예전처럼 연구만 했으면 좋겠는데."

비에 가로막힌 시야처럼 가슴이 답답해졌다.

"쉬었으면 이제 다시 가 보세."

할머니가 앞장서자 아줌마가 꼬마를 업고 따라나섰다. 아저씨는 아줌마의 옷자락을 잡고 뒤따랐다. 할머니의 한 손에는 여전히 파란 양동이가 들려 있었다. 이 빗속에서도 파란 양동이를 보물처럼 소중히 끼고 다녔다.

도로는 이제 무릎까지 잠겼다. 걸음을 옮기는 것도 쉽지 않았다. 아줌마는 아이를 튜브에 태워 끌고 갔다. 아이는 빠른 물살에 겁을 먹고 튜브를 꼭 잡았다.

"으악."

튜브를 끌고 가던 아줌마가 순간 휘청거리더니 물속으로 빠져 버렸다. 웅덩이에 발을 헛디딘 것 같았다. 그 바람에 튜브를 놓쳐 버렸다.

"여보, 무슨 일이야?"

아저씨는 비명 소리를 듣고 놀라 허공에 손을 저었다. 아이가 탄 튜브는 물살이 빠른 도로 옆으로 흘러내려 갔다.

"앗!"

현수가 재빨리 몸을 던져 떠내려가는 아이의 팔을 잡았다. 현수는 아이를 끌어안아 물 위로 들어 올렸다. 아이가 타고 있던 튜브는 물살에 밀려 금방 멀어졌다. 아줌마가 쫓아와 아이를 다시 품에 안고 울먹거렸다. 아저씨가 아이와 아줌마를 끌어안았다. 나는 현수를 향해 엄지를 들어 보였다.

"나 운동 천재!"

현수가 입만 벙긋하며 웃었다.

"에구, 큰일 날 뻔했네."

할머니가 현수 등을 쓸어 주며 고개를 끄덕였다.

비의 경계선

비는 더 거세게 쏟아졌다. 바로 앞의 사람이 보이지 않을 정도로 쏟아져 내렸다. 할머니를 따라 무작정 걷다 보니 발 밑으로 딱딱한 시멘트 바닥이 아니라 자갈이나 흙이 밟히는 느낌이 들었다.

"거의 다 왔어. 조금만 더 버텨."

할머니가 내 손을 잡았다. 나는 아저씨와 손을 잡았고, 현수가 뒤에서 쫓아오며 아줌마와 아이를 지켜 주었다. 우린 한 덩이가 되어 빗속을 헤쳐 나갔다.

경사진 길을 오를수록 바닥의 물살이 눈에 띄게 느려졌다. 어느 순간 오르막은 평지로 바뀌었다. 발목 아래 신발이 드러나고 있었다. 하나로 몰아치던 물길이 여러 갈래로 나뉘더니 얼마 지나지 않아 땅이 드러났다. 우리는 걸음을 멈추고 가쁜 숨을 몰아쉬었다.

떼구르르.

쏟아지는 비 사이로 흰 공 하나가 내 앞으로 굴러왔다. 나는 얼떨결에 공을 주워 들었다. 동시에 빗속을 뚫고 눈앞에 한 아이가 나타났다. 내가 놀라 뒤로 주춤거리자 아이는 공만 빼앗아 다시 사라졌다. 나는 아이를 따라 빗속을 뛰어갔다.

뚝.

한순간 시끄럽던 빗소리가 멈췄다. 두꺼운 커튼을 젖히고 밖으로 나온 것 같았다.

아!

눈부신 햇살에 나는 두 손으로 눈을 가려야 했다. 천천히 손을 내리자 낯선 풍경이 눈앞에 펼쳐졌다. 마치 해변에 피서를 온 사람들처럼 이곳저곳에 파라솔과 돗자리를 펼쳐 놓고 놀고 있는 사람들이 보였다. 그들은 편한 자세로 눕거나 앉아서 한곳을 쳐다보고 있었다. 나는 그들의 시선이 향한 곳을 보기 위해 뒤돌아섰다.

쏴아아!

거대한 빗줄기가 하늘에서 폭포처럼 떨어져 내리고 있었다. 비가 내리는 곳과 안 내리는 곳의 경계선이 선명하게 드러났다.

"비의 경계선이다!"

나는 뒤로 몇 걸음 더 물러서 비의 경계선을 바라보았다. 빗속에서의 순간들은 금방 잊힐 정도로 그 모습은 가히 장관이었다. 넋을 잃고 보고 있을 때 비를 뚫고 현수와 할머니 그리고 가족들이 나타났다.

"와!"

현수가 비의 경계선 안으로 뛰어들었다 나오기를 몇 번 반복했다. 안과 밖이 뚜렷한 경계선을 넘어선 현수는 털썩 바닥에 누워 버렸다.

후유.

그러고는 긴 한숨을 내쉬었다.

"아빠, 바다야. 바다가 일어서 있는 것 같아."

아이가 폭포처럼 떨어지는 비를 만지고 보았다. 그리고

어떤 모습인지 빛깔인지 아빠에게 설명해 주었다. 아빠는 아이의 말을 하나도 놓치지 않으려고 귀를 쫑긋 기울였다.

할머니는 파란 양동이를 떨어지는 빗물 아래 내려놓았다. 금방 양동이에 물이 가득 찼다. 파란 양동이에 빗물이 계속 넘쳐 났다.

할머니가 물이 가득찬 양동이를 들고 일어섰다.

"할머니, 어디 가시는데요?"

현수가 물었다.

"우리 밭에 물 주러 간다. 저 안에는 홍수로 난리지만, 여기 위쪽에 우리 밭은 가뭄으로 채소들이 다 죽어가거든."

그제야 해변에 놀러 온 듯 놀고 있는 사람들 틈에서 물을 길어 옮기는 사람들이 눈에 들어왔다.

"야, 대사천! 사진 한 방만 같이 찍자."

얼굴에 다시 웃음을 찾은 현수가 다가왔다.

"비의 경계선 없어지기 전에 찍자. 구름 우산 오류가 수정되어서 곧 비를 멈출 거래."

"근데 아까부터 사진은 왜?"

"경계선을 넘어 쉬고 나면 다시 돌아가야 되잖아. 우리 엄마니까. 그러려면 보험이 필요하거든. 수학 천재랑 함께 있었다는 증거 사진. 우리 엄마는 너라면 다 용서가 될 거거든. 흐흐흐."

나는 팔꿈치로 현수의 옆구리를 쳤다. 괜히 웃음이 나왔다.

나도 아빠에게 전화를 해야겠다. 잠시 쉬었으니 다시 일
상으로 돌아가 열심히 달려 보자고. 수학 문제 풀이 몇 개는
내 방법으로 가르쳐 줄 테니 써먹어 보라고.

"엄마, 나 살고 싶어!"

시시 티브이 영상 속에서 아빠와 아들이 다리 위를 걷고 있다. 아이는 자꾸 뒤돌아보며 힘겨운 걸음으로 아빠 뒤를 쫓는다. 흑백의 흔들리는 화면 속에서 아이의 표정을 읽을 순 없지만, 웅크린 어깨와 신발을 끄는 걸음걸이가 가고 싶지 않은 길을 나선 것처럼 보였다. 곧 아빠와 아들은 시시 티브이 사각지대로 벗어나 사라졌다. 다음 날, 둘은 강물 위로 떠올라서야 다시 세상에 모습을 드러낸다. 다리 위의 영상은 아이의 죽기 전 마지막 모습이었다. 아이는 아빠를 따라가며 자신의 미래를 예감했을지도 모른다. 흑백 화면 속 절망한 아이의 움츠린 모습은 오랫동안 내 기억 속에서 지워지지 않았다.

참담한 사건들은 요즘도 끊임없이 우리 주변에서 일어나고 있다. 왜 이해할 수 없는 일이 자꾸 반복될까? 전래 동화 속 선녀도 아이들을 데리고 하늘로 올라갔다. 선녀 엄마의 양팔에 붙들려 하늘로 향하던 아이들도 이 땅에 발을 붙이고 살고 싶었을지 모른다. 끔찍한 일을 벌이는 이들에게 아이의 바람 따위 중요하지 않다. 끝매듭을 짓기 위해 아이를 데려가야만 한다는 그들의 아집은 도대체 어디에서부터 시작된 오류일까? 허망하게 사라져 간 아이들에게 묻지 못했던 삶의 선택을 「선녀 콤플렉스」 속 해라의 간절한 외침으로 답해 본다.

"엄마, 나 살고 싶어!"

살아야 한다. 인생의 가장 푸른 시절을 어떻게 살아갈 것인가? 살아가면서 「유학생 고준하」처럼 인생에서 만날 수 있는 수많은 '처음'도 경험해 보고, 「콩」처럼 갑자기 찾아온 첫사랑과 빈자리만 남기고 떠난 이별의 쓰라림도 느껴 봤으면 좋겠다. 「신의 알바」와 「지박령 열차」에서처럼 때론 뜻하지 않던 고난을 만날 수도 있다. 그땐 지지 않고 맞서서 버티어 낼 용기도 배워 나갔으면 좋겠다. 미래를 계획하고, 목표를 하나씩 이뤄 나가는 삶도 좋고, 하루하루 생각 없이 즐겁게 지내는 삶도 가치 있다. 어떻게 살든 그건 내 삶이다. 내 인생은 오직 나의 것이다!

2024년 봄,
김태호

작품 출처

「신의 알바」는 『알바의 하루』(단비, 2020), 「지박령 열차」는 「이웃집 구미호」(블랙홀, 2018), 「콩」은 『아무것도 모르면서』(서유재, 2018), 「비의 경계선」은 『셧다운』(현북스, 2019)에 실린 글을 고쳐 써 수록했습니다.

텍스트**T** 009

신의 × 알바

초판 1쇄 발행 2024년 5월 10일 **초판 3쇄 발행** 2024년 11월 25일

글 김태호
펴낸이 최순영

어린이 문학1 팀장 박현숙
편집 김민정
키즈 디자인 팀장 이수현
디자인 진예리

펴낸곳 ㈜위즈덤하우스 **출판등록** 2000년 5월 23일 제13-1071호
주소 서울특별시 마포구 양화로 19 합정오피스빌딩 17층
전화 02)2179-5600 **내용문의** 02)2179-5707
홈페이지 www.wisdomhouse.co.kr **전자우편** kids@wisdomhouse.co.kr

ⓒ 김태호, 2024

ISBN 979-11-7171-194-9 43810